集英社オレンジ文庫

映画ノベライズ

虹色デイズ

樹島千草

原作／水野美波

JN177960

映画ノベライズ

虹色デイズ

RAINBOW DAYS

【 0 】

どこまでも続く青い空。

秋特有の、夏より薄い色の空。

そんな秋空を映すプールに今、四人の少年が浮かんでいた。

「……後悔《こうかい》してない人、いる？」

空を見上げ、一人がぽつりと呟《つぶや》いた。

コースロープに体を預けているため、沈みはしない。

ただ着ている制服は水を吸い、重そうだ。

衣類同様どんよりとした表情の彼に、残りの三人が苦笑した。

「勢い、怖《こ》えーって思ってるよ」

「どこのバカだ、言い出したのは」

「そこのお前だ。いの一番に飛び込んだだろ」

互いに罪をなすり付けるが、全員わかっている。

真夏ならともかく、もう秋だ。

晴れてはいるが風は冷たく、泳ぐ人は存在しない。何よりも放課後、学校の屋外プールに飛び込んだことがばれたら、教師に大目玉を食らうだろう。

「まあ、そうだけどさあ。……けどさあ」

「こんなの、今しかできないって？」

一人がうめくと、別の少年がその後を引き継いだ。

「そう、十七の特権」

「現実逃避が？」

一人の言った容赦《ようしゃ》ない一言に、残りの三人がうめいた。

――現実逃避。

確かにそのとおりだ。

(でも)

それが自分たちの現実。

毎日毎日、喜び、張り切り、空回《からまわ》り、焦り、みっともなく失敗し……。

笑ったり落ち込んだりしながら、日々をあわただしく生きている。

「実際ぶっちーに、なんて言われたの、生活指導」

一人の問いに、三人はため息をつく。

「ぶっちゃけ俺、行ける大学ねえってぶちキレられてさ」

「ぐずんない、ぐずんない。俺も一緒だよう」

「俺も春からやり直したいよう」

口々に泣き言が口をつく。

半年前が懐かしい。

なにが変わったのかと聞かれるとうまく言えないが、なにかが少しずつ動き出していた時期だったように思う。

芽吹《めぶ》きの季節。

新緑の光。

思い出す記憶は虹のように色鮮やかで……。

【 1 】

——五月。

タンタン、タタン、とのどかな音を立て、のどかな田園風景を電車が走っていく。

大都会では毎朝の乗車率が百パーセントを超えると聞くが、このローカル線はその逆だ。

地方ならではの牧歌的な雰囲気《ふんいき》で、皆、ゆったりと座っている。

スマホをいじる女子高生。

新聞を読むサラリーマン。

ヘッドホンで音楽を聴く男子高生……。

「……？」

文庫本に目を落としていた小早川杏奈《こばやかわあんな》はふいに目をしばたたいた。

わずかに開いていた車窓から、皐月《さつき》の風と共に蝶《ちょう》が舞い込んでくる。

白いクマのぬいぐるみをつけたカバンをかすめ、ページの上へ。

ひらひらと舞う蝶に思わず手を差し出すと、

「……あ」

つん、と杏奈の指先に蝶が止まった。

思わず口元がほころぶ。

そっと車窓から蝶を逃がし、杏奈はその行方《ゆくえ》を追うように外を眺めた。

(今日、は)

……いるかな。

最近、駅でよく会う男の子。

昔から人見知りで口下手《くちべた》な自分に、時々話しかけてくれる人だ。

彼の笑顔を思い出すと、心の奥がふわりと浮くような気持ちになる。まるで、軽やかに舞う蝶を見たように。

電車が駅に着く時のことを想像し、杏奈は穏やかにほほ笑んだ。

（まずい、まずい、まずい！）

同じころ、羽柴夏樹《はしばなつき》は必死で自転車を走らせていた。

青諒《せいりよう》高校に入って二年目の春だ。とある事情から、毎日同じ時間に起きていたのに、この日は完全に寝坊した。

「……俺の、バカ！」

青々とした田園が広がる中、あぜ道を自転車で全力疾走する。

昨晩降った雨の影響か、あちこちに水たまりができている。水面《みなも》に映るこいのぼりは風流だが、今はそれを堪能《たんのう》する余裕もない。

ぬかるむ道に車輪を取られそうになりながら、夏樹はひたすらペダルをこいだ。

（あと十分……いや、五分？）

この先にある駅に、できるだけ早く到着しないと。

「早く……って、うわあっ！」

その時、自転車の正面になにかが飛び出してきた。小さな緑色の生き物だと頭で考えるより先に、夏樹は反射的にハンドルを切る。

ぐるりと視界が回り……バシャン！　と勢いよく水音があがった。

「……っ、うー……」

大きな水たまりに顔から突っ込み、夏樹はうめいた。泥水ではなく、澄んだ真水だったのは幸いだが、全身びしょぬれだ。

そんな彼の目の前に、一匹の小さなアマガエルがはねてくる。

すまねえっす、と言いたげに夏樹を一度見上げ、「彼」はぴょんぴょんと田んぼに消えていった。

「よかったあ……って、そんな場合じゃない！」

轢《ひ》かずに済んでよかったが、今はそれどころではない。脇に投げ出してしまった自転車の無事を確かめ、夏樹は再びサドルに飛び乗った。

きつい。

息が上がる。

それでも。

(間に合え……！)

友人たちからはのんびり屋だと呆《あき》れられることが多いが、今はそんな自分をかなぐり捨てる。

やがて、道の先に小さく駅舎が見えてきた。

その向こうに、きらきらと朝日を受けて輝く青い海も。

「……い、た……！」

夏樹が駅舎前広場に自転車を急停止させたとほぼ同時に、駅舎からぞろぞろと同じ制服姿の男女が出てきた。

素早く目を走らせると、一人の少女と目が合う。

「……羽柴くん」

声には抑揚《よくよう》がなく、表情もあまり変わらない。

それでも彼女だけが光って見えた。

よかった、今日も会えた。

それがうれしくて、頬《ほお》が勝手に緩《ゆる》んでしまう。

「お、おはよう、小早川さん！」

夏樹はあわただしく自転車を降り、小早川杏奈に駆け寄った。

「最近よく、登校時間あうよね、偶然にもよく……高二になってから、なんかそういう風が吹いてるっていうか」

「羽柴くん」

「えっ？」

息継ぎもせずにまくし立てていた夏樹は、呼ばれて言葉を呑《の》み込んだ。

杏奈が不思議そうに指をさしてくる。

「それ、一回帰って着替えるレベルだよ？」

なんのことだと思ったのもつかの間、自分が全身濡れそぼっていることを思い出す。駅にたどり着くことで頭がいっぱいで、ろくにぬぐうこともしなかった。

「あ、あはは、確かに……でもあの、着替えに戻ったら間に合わないし。……あ、学校にね!? うん、学校に」

「……ちょっと待って」

しどろもどろになる夏樹に首を傾《かし》げつつ、杏奈はおもむろにカバンを探った。


片倉恵一《かたくらけいいち》は少し困っていた。

登校し、昇降口で下駄《げた》箱《ばこ》を開けたところ、手紙が二通。

どちらもかわいらしい封筒に、少女らしい筆跡で恵一の名前が書いてある。ラブレターなのは一目瞭然だ。

「……」

どうしよう、と固まっていたところで、背後から肩を叩かれた。

「ここだけ時代、昭和なの？」

振り返ると、友人の直江剛《なおえつよし》が立っている。ヘッドホンをして、スマートフォンを手にしつつ、その目は恵一の下駄箱に注がれていた。

……下駄箱にラブレター。

確かに、古き良き時代の象徴のようなシチュエーションかもしれない。

恵一は苦笑し、肩をすくめた。

「多分、先週ラインで告《コク》ってきたヤツに、そういうセンス自体あり得ないって言ったから、その情報が回ったんだ」

「あー」

「なによ」

「言われた子、泣いただろうなあ」

「……う」

ズバッと言われ、ほんの少しだけうろたえる。

だが反省しかけた気持ちにふたをして、恵一はそっぽを向いた。

「泣けばいいんだよ、そんなの。好きなだけ」

メールやSNSで簡単に告白され、何気なくオッケーし、気軽に付き合う……。それもまた人付き合いの一種だろうが、自分はどうも性《しょう》に合わない。

この考え方こそが「昭和」なのかもしれないけれど。

「ふーん、モテるって素晴らしい」

呆れたような、感心したような声音《こわね》で剛が言う。

なんとなく突き放された気がして、恵一は顔をしかめた。

「あなたでしょ、リア充野郎は、つよぽん。ちゃんとした彼女がいて、コスプレっていう共通の趣味まで持って。どうせ今だって、そのスマホでラインしてたし」

「まーまーまー。俺は一人にしかモテてないから」

「それ、謙遜《けんそん》になってねえから！」

「おはよー」

嚙《か》みつくように反論した時、恵一の隣に誰かが立った。

「おー……おはよ？」

同じクラスの友人、夏樹だ。

いつもは穏やかで気のいい少年だが、今日はどこか様子が違う。なぜか全身びしょぬれで、締まりのない笑顔を顔に貼り付けている。

「えーっと、なっちゃん……？」

戸惑い気味に声をかけたが、夏樹は気づかず、ふらふらと校内に入っていってしまった。

……しかも下手なスキップで。

がくんがくんと揺れている様子はまるで、酔っ払いに操られた人形のようだ。

「……なっちゃんってスキップできないんだね」

しみじみと呟《つぶや》きながら、剛がスマホで夏樹の後ろ姿を撮った。

「それでもやってるんだから、なにかあったな」

「わかりやすくて助かります」

二人は顔を見合わせ、無言でうなずくと、そろって夏樹のあとを追った。


松永智也《まつながともや》は女の子が大好きだ。

派手で華やかな容姿と社交的な性格も相まって、自然と人が寄ってくる。

この日も一人の女生徒が髪を切ったことに最初に気づき、そこからなぜか一緒に写真を撮ろうという話になった。

私も、私も、と女生徒が松永の周りに集まってくる。

「はい、笑ってー」

一人がスマホをできるだけ離して持ち、掛け声とともに撮影ボタンを押し……。

「は？　夏樹？」

カシャ、とスマホが音を立てたまさにその瞬間、松永たちの背後に一人の少年が映り込んだ。

「ちょい羽柴ー」

「ふつう今のタイミングで来る？　逆に絶妙だから！」

せっかくのシャッターチャンスを台無しにされた少女たちが詰め寄るが、夏樹はうろたえた様子もない。無言で笑いながら、松永たちの前を通り過ぎた。

その後ろから恵一と剛がやってくる。

「あれ、なんだ？」

「わかんないわかんない」

松永の質問に、二人もそろって首を振る。

松永、恵一、剛。

毎日夏樹とつるんでいる自分たちにも予想できないことが起きたらしい。

いぶかる三人の前で、その時夏樹が振り返り、

「じゃん！」

おもむろに、女物のハンドタオルを大きく広げた。

喜びが抑えられないような締まりのない笑顔で夏樹は、ふふふふとほほ笑んだ。

「小早川さんに借りちゃったあ」

「ああ……」

「なるほど」

「……そう」

その一言だけで、なにが起きたのかが分かった。

心配したが、なんてことはない。

一途《いちず》に恋する友人の、よくある、いつもの奇行らしい。


青諒高校二年三組の教室にて、松永たちは遠巻きに、夏樹を眺めた。

濡れた制服はジャージに着替えたものの、夏樹の髪はまだ湿ったままだ。にもかかわらず、机に置いたハンドタオルを眺めながらにやついているのだから、不気味で仕方ない。

「タオルを写真に撮るとか、初めて見る光景だわ」

夏樹がハンドタオルをスマホで撮り始めたところで、思わず恵一が呟いた。

同感とばかりに松永が夏樹に目を向ける。

「こいつ、もう絶対匂《にお》いとか嗅《か》いだぜ」

「そんなことしてません」

「じゃあ、しないの？」

「……」

漫画本を手に、剛が慎重に確認したが、それに返事はなかった。彼の声が聞こえなかったのか、夏樹はデレデレと笑いながら、再びタオルを写真に収めている。

始まりは約三ヶ月前の、高校一年の冬のことだ。

夏樹が当時、好きだった子に振られて意気消沈していた時、駅前で出会ったのがきっかけらしい。

その時はただアルバイト先の宣伝用ティッシュを渡されただけだったが、後日、青諒高校で再会したことで、夏樹は彼女が気になってたまらなくなったそうだ。

学年が知りたいと大騒ぎ。

同学年だとわかったあとは名前を知りたいと大騒ぎ。

小早川杏奈という名前だと知ってからは、趣味が知りたい、好みが知りたいと、常にわぁわぁ騒いでいる。

そのたびに振り回される松永たちの身にもなってほしい。

「二人ともかまうな。変人が伝染《うつ》るぞ」

松永がさじを投げた時、はい、と小型のドライヤーが差し出された。

「これ、使う?」

同じクラスの女生徒、千葉黎子《ちばれいこ》だ。女子バレー部に所属していてりりしく、女子に絶大な人気がある。残念ながら、男子の恋愛対象になることは少ないが、気が利《き》き、面倒見のいい彼女は自分たち全員の友人だ。

「おー、さっすが千葉ちゃん!」

女好きの松永も、千葉に対してはカラッとした態度になる。笑いながらドライヤーを受け取り、ふざけたように両手を広げた。

「ちゃん千葉、が一さす！　なんでも持ってるう」

「うわっ、今日もウザさがすごい」

「くぅ～、キビシイ！　でも、なんで持ってるの？」

「女バレの朝練後だから。シャワー浴びないと匂うでしょう」

挑発的ににこりと笑った千葉に対し、松永は目を輝かせた。

「いいよいいよ。それ、いやな匂いじゃないよ。バレー部はみんな浴びてるの？」

「はい、まっつん、想像しない」

にやっと口元を緩《ゆる》めた松永に、すかさず恵一が突っ込んだ。

その隣で、漫画を読んでいた剛が、恵一をちらりと見て、

「恵ちゃんもね」

そんな剛を、今度は千葉が見て、

「つよぽんもね」

「……」

言われた剛がちらりと夏樹の方を見た。

これは自分に振られる流れだと素早く察し、夏樹は自分から口を開く。

「俺はしてないから」

「しーなーよーっ！」

心外だといわんばかりに千葉が抗議の声を上げる。当事者なのだから普通は「想像するな」と怒るところだろうに、ノリのいい少女だ。

むろん夏樹に、女友達のシャワーシーンを想像することなんてできるわけがない。それになによりも、

「小早川さんを裏切れない」

「くあーっ、重症」

「なんとでも言ってー」

だって本心だ。

友人たちの呆《あき》れ声を聞きながら、夏樹は朝、貸してもらったハンドタオルをそっと撫《な》で、再びデレッと笑った。


その日、夕方になっても、夏樹の機嫌はよかった。

いつものように皆で帰宅途中、通学路にある商店に立ち寄る。

夏樹、松永、恵一、剛の四人に加え、剛の彼女、浅井幸子《あさいゆきこ》も一緒だ。

「なるほどなるほど。例の少女からタオルをねえ……」

他校生の彼女は夏樹の身に起きた一件に興味津々《しんしん》だ。剛の話に相槌《あいづち》を打ちながら、目を輝かせている。

そんな二人のやり取りを聞きながら、夏樹たちはカップ麺《めん》をすすった。

空腹時のカップ麺は最高だ。とはいえ、うららかな五月ということもあり、食べていると汗が吹き出す。

「……ん？　なんだろ、今日はやけに汗が出るな」

ふいに、真剣な顔で恵一が言った。夏樹がなにかを言うより先に、松永が大きくうなずく。

「俺も。代謝《たいしゃ》下がったんかなあ」

「上がった、だからね。下がったら、汗は出ないから」

剛が呆れたように訂正《ていせい》する。その隣で、彼らの意図を正確に理解したのか、幸子がきらりと目を光らせた。

「ごめん。私、今日タオル持ってないや。つよぽんぬ、ある？」

「俺もない。というわけでなっちゃん」

全員の目が一斉に夏樹に向いた。同時に、四人分の手が出る。

「タオル貸ーして」

「はい、どーぞ！　……って貸すかい！」

競うように手を伸ばしてくる友人たちをかわし、夏樹は慌てて距離を取った。

自分にとって、小早川杏奈から借りたタオルがどれだけ大切なものなのか、わかっていて言っているのだ。この悪友たちは。

「いいじゃねえか、ちょっとくらい」

「なにか拭いてこそのタオルだろ」

なおも懲《こ》りずに恵一と松永が迫ってくる。その背後で「そうだそうだ、そのとおりだ」と合いの手を入れる剛と幸子にも内心文句を言いつつ、夏樹はひとまず、恵一と松永をじろりとにらんだ。

「……は？」

「てか二人さ、そんなに妬《や》かないでもらっていいっ？」

その瞬間、ぴたりと恵一たちの動きが止まった。

「……えっ、どの辺に？」

「ごめん、こいつマジで何言ってるの？」

「う……」

ひるむ夏樹にかまわず、松永と恵一が女生徒をとろかせるような整った顔で言った。

「一応言っとくと、俺モテますけど」

「俺もですけど」

「う、うぐ……」

「大体、夏樹のどこに妬けばいいんだよ。ライン一つ聞けないくせに」

「いや、聞いてないだけだから。……まだ」

「じゃー絶対聞けよ」

「明日聞け」

松永と恵一がここぞとばかりに畳《たた》みかけてくる。

「タオル返す時に！」

「絶対な！」

(聞けるもんなら……)

とっくに聞いている、と夏樹は歯嚙《はが》みした。

一目惚《ひとめぼ》れしてからはや数ヶ月。イケメンで経験豊富な友人たちとは違い、自分は偶然を装《よそお》って一緒に登校するのが精いっぱいだ。

……だが、彼らの言うとおりかもしれない。

夏樹だって、杏奈ともっと仲良くなりたい。

ならば次の目標は連絡先の交換だ。

「そう、だよな……よし！」

夏樹は自分に気合いを入れるように、カップラーメンを勢いよくすすった。

＊　＊　＊

翌日、授業間の短い休み時間に、夏樹は二年一組を訪れた。

教室を二つ隔《へだ》てただけなのに、妙によそよそしく感じるのはなぜだろう。それが杏奈のいる教室となると、緊張も倍増だ。

戸口で何度も深呼吸をし、夏樹はそっと中をうかがった。

（小早川さんは……いた）

自分の席で静かに本を読んでいる。

緊張で喉《のど》がからからに渇《かわ》く自分を奮《ふる》い立たせ、ちょうど外に出てきた女生徒を捕まえる。彼女に頼み、杏奈を呼びだしてもらおうとしたのだが、

「はあ？　いないけど？」

小早川さんに用が……と言いかけた瞬間、きつい眼光が飛んできた。顔はかわいいが、腕を組んで仁王《におう》立《だ》ちされると、夏樹のほうが気おされてしまう。

「いや、でもあそこに小早川さん、座って……」

「杏奈になんの用？」

「えっと……」

おかしい、という思いが脳裏《のうり》をよぎる。

目の前の少女は杏奈といつも一緒にいる子だ。名前は確か筒井《つつい》まり。いつ見ても杏奈の隣でにこにこしていたので、明るくて優しい子だと思っていたのに。

（なんで俺、こんなににらまれてんだ？）

ひるむ夏樹にかまうことなく、まりはなおも、ずいっと一歩前に出てきた。

反射的に夏樹は後ずさる羽目になる。

「なんの用かって聞いてるんだけど」

「これ、昨日借りて」

慌ててハンドタオルを取り出すと、今度は虫を見るような目で見られた。

「変なことに使ってない？」

「……は？　いや、そもそも使ってないし！　ちゃんと洗ったし！」

「ふうん！」

納得したというよりは、威嚇《いかく》したような声を上げ、まりは夏樹の手からハンドタオルをひったくると、勢いよく教室に引き返した。

――バァン！

けたたましい音を立て、ドアが閉まる。

夏樹は呆然《ぼうぜん》と立ち尽くした。

「え……えええ？」

今、いったいなにが起きたのだろう。

答えを求めて辺りを見回すと、二年三組付近の廊下《ろうか》から様子をうかがっていた松永たちと目が合った。妙に哀れみを込めたまなざしで。

「うわ……」

今の惨状《さんじょう》を見られていたと知り、夏樹は思わず天を仰《あお》いだ。

行きたくない。……だが、自分の教室はあそこだ。

すごすごと夏樹がそちらに向かうと、一斉に大きなため息で迎えられた。

「まあ……だと思いました」

開口一番に口を開いたのは恵一だ。

さばさばしていて男らしい彼の呆れ顔に、夏樹は力なく肩を落とす。

「そんな顔しないで……」

「ある意味、期待を裏切らない」

「まったく」

口々に酷評《こくひょう》され、肩どころか、視線までどんどん落ちていく。

「いや、あんなキレ気味にいきなりこられたらさ。しょうがないじゃない？」

「ねえ、なっちゃん、何でもかんでも、しょうがないって言ってるヤツ、一生出世できないよ」

普段は中立を貫いてくれる剛も今日ばかりは容赦《ようしゃ》がない。

そうだそうだと合いの手を入れる恵一にちらりと目を向け、

「あと、『だと思いました』も」

「……ええー……俺、さっき言っちゃったけど」

恵一と剛のそんなやり取りも耳に入らず、夏樹は大きなため息をついた。

まさか杏奈に話しかけることすらできないとは思わなかったのだ。

(俺だって……)

筒井まり。……思わぬ強敵の登場に、夏樹はがっくりとうなだれた。


一方、夏樹を撃退したまりは教室内に戻った。

自席に座る小早川杏奈のもとへ行き、タオルを差し出す。敵意に満ちていた先ほどとは打って変わって、にこりと明るく笑いながら。

「杏奈ー、これ預かった」

「え？　あ、羽柴くん？」

「そうそう」

どうでもよさそうに、まりは短く相槌《あいづち》を打った。

杏奈は親友だ。性格がきつくて、友達が少ない自分といつも一緒にいてくれる。いろんな話をしてくれるし、いろんな話を聞いてくれる。

高校一年の時に知り合ってから一年以上、ずっと二人だけで仲良くやってきたのに。

「……」

まりはそっと、ポケットから自分のハンドタオルを取り出した。杏奈と一緒に買った、自分の大事な宝物。

（私とのおそろい、貸すなよ～）

なにがあったのかなんて知らない。

なんでタオルを貸したのか、なんて興味もない。

……ただ面白くない。

なんだかとても面白くない。

＊　＊　＊

昼休みの学食はにぎわっている。

空《あ》いている席に向かいながら、夏樹はこの日、何度目かもわからないため息をついた。

「……ほんと、なにかイイ作戦ないかね？」

「なにが作戦だ。そういうのはもっと壮大なミッションの時に使うんだよ」

隣にいた松永が呆《あき》れ顔で言う。

「サクッと聞けばいいだけだろ。ラインなんざ」

「みんながみんな、そうはできないんだって。女の友達がいっぱいいるまっつんとは違うんだよ」

「くあー、情けねえ！」

「しょうがないでしょ……」

「あーあーあー、また言っちゃって……」

四人掛けの席で恵一と一緒に待っていた剛がツッコミを入れてくる。

「言ったでしょ。『しょうがない』と『だと思いました』は出世できないワードって」

「でもしょうがな……あっ」

「じゃあこれはどう？　五月中に聞けなかったら、みんなの学食三回おごり大作戦」

唐突《とうとつ》な恵一の提案に、松永と剛が身を乗り出す。

「それ、最高」

「決まり」

口々に賛成の声が上がり、夏樹は慌てた。

「いやいや、勝手に『大』つけないでよ。作戦でもなんでもないし！」

「愛の鞭《むち》だ」

自称Sの恵一が、ニッと笑う。

一見、男気があって優しくておおらか。

だがその実態は、気にいった子をいじめたくなる気質らしい。

夏樹が顔を引きつらせた時だった。

「……あ」

食堂に杏奈とまりが入ってきた。

代わり映えのしない食堂が、急にぱっと華やいだ気がする。

夏樹は思わず声をかけようとしたが、

「うわ」

杏奈の隣にいたまりに、まるで仇《かたき》でも見るような目でにらまれた。

こちらがなにかを言うより早く、まりは杏奈の手を引いて、あっという間に食堂を出て行ってしまう。……昼食を食べに来たのではないのだろうか。

最後に一瞬、困惑した杏奈と目があった気がしたが、もう遅い。

去り際、ビッと親指で首を掻《か》き切るようなジェスチャーをするまりにすごまれ、夏樹はあとも追えずにたたずんだ。

「……俺、筒井さんになんで嫌われてるんだろ」

「生理的に、じゃない？」

「アレルギー的な、ね」

「……はっきり言いすぎ」

一切言葉を選ばない友人たちに文句を言いつつ、夏樹は途方に暮れた。

こんな風に徹底ガードされたら、杏奈から連絡先を聞き出すのなんて不可能だ。

「ま、頑張れよ」

去っていったまりたちの方を見ながら、松永が他人事《ひとごと》のように言った。どうやらこの程度の障害では「連絡先を聞けなかったら、学食三回おごり大作戦」を撤回《てっかい》してくれるつもりはないらしい。

（これ、今月の出費は覚悟した方がいいかも……）

夏樹はすでに負け戦《いくさ》の面持《おもも》ちで、天井を仰いだ。

【 2 】

季節は変わり、あっという間に梅雨《つゆ》になった。

夜通し降っていた雨がようやく上がり、涼しくもさわやかな風が吹く。

道路脇のアジサイが夜露できらきらと輝く朝、夏樹は重い足取りで自転車をこいでいた。

「今日こそ……」

いや、でもダメかも。

この二ヶ月、惨敗《ざんぱい》し続けた「あること」が脳裏をよぎる。

それでも自転車をこぐ足は止まらない。

遠くに海が見えてくる。

その手前に建つ駅舎も。

ちょうど駅に滑り込んでくる電車を見て、夏樹はペダルをこぐ足に力を込めた。

「お、おはよう……！」

駅舎からぞろぞろと出てくる生徒の中に杏奈を見つけ、夏樹は声をかけた。

今日はなぜかマスク姿だ。心配になり、自転車を降りて彼女に駆け寄る。

「大丈夫？　風邪《かぜ》？」

「ううん、アレルギー。ブタクサがダメで」

「あー」

「毎年、この時期はしんどくて」

くしゅん、とかわいらしいくしゃみがマスクの奥から聞こえてくる。

目は潤み、どことなくぽやっとして見えるのはそのせいか。

「ごめんなさい。……くしゅ、薬飲んでも、しゅっ……もう」

「もう〜……」

……可愛《かわい》い。

無意識に語尾を繰り返してしまった夏樹に、杏奈が不思議そうな顔をする。

「もう?」

「あ、いやいや」

「だめだ、ホントだめ……っしゅ!」

「俺の姉ちゃんもブタクサで。六月は死んだも同然って言ってるくらいで」

「わかる。ホントは外出《そと》たくないもん」

その言葉にハッとした。

これは……この流れは、「行ける」のではないだろうか。

「ね、姉ちゃんから聞いてるから……だから俺、対策は詳しくて。まあ、ほぼ気休めらしいけど」

「知りたい。気休めでも」

すがるような眼差《まなざ》しに、カァッと体温が上がった気がした。

「……ッ! じゃ、じゃあ詳しく教えるためにも! なんて言うんだろ……こうなった以上は、ライン交換しないっ⁉」

「……」

勢いよくスマホを取り出してから、ハッとする。

夏樹の剣幕に驚いたように、杏奈が目を丸くしている。

「……なにが、どうなった以上？」

「……ダメ、かな」

ダメだ。絶対にダメだ。気持ち悪いと思われた。

スマホを持った手が下がっていく。

そんな夏樹を見上げ、杏奈が目元をやわらげた。

「……ダメじゃない」


——奇跡だ。

奇跡が起きた。

「じゃじゃじゃーん！」

その日の授業と授業の間の休み時間、夏樹は友人たちのもとへ駆けて行った。

なにがあったと驚く松永たちの前で、スマホ画面を見せつける。

「いやあ聞けるもんだねえ、聞ける時は。こう、スッとさ。思いのほか、スッと!」

指で十字を切り、天に向け、夏樹は神に感謝をささげた。

なんとすがすがしい日だろう。世界が光り輝いている。

「……コイツ、腹立つ」

「よくそこまでアガれる……。たかがラインくらいで」

松永と恵一は容赦《ようしゃ》がない。

剛も同感だというようにうなずき、読んでいた漫画本に目を戻した。

誰も彼も、驚きの淡白《たんぱく》さだ。

予想外の反応に、夏樹は首をひねった。

「ねえ、おかしいでしょ。リアクションが。俺、この二ヶ月の小遣いがほぼ学食に消えたのよ? 正直、借金も考えたよ?」

「タダ飯六回ごちそうさまです。ねえ、千葉ちゃん、どう思う?」

ちょうど近くを通りがかった千葉黎子に松永が話を振る。

基本的には親切な少女だが、この時ばかりは千葉も白けたまなざしを夏樹に向け、

「ヒいた。特にこれが」

と、天を指さした夏樹のポーズを真似《まね》てみせた。

一緒ーっ、と声をそろえる松永たちの反応に、夏樹は愕然《がくぜん》とした。

「疎外感《そがい》がすごい……」

「じゃ聞くけど、花粉対策の気休め情報以外になに送るんだよ？」

「……それは」

「大事なのはそっちだからな。ノープランとは言うなよ」

「男と女はSかM。誘うか誘われるかだぜ」

　容赦なく畳《たた》みかける松永に、恵一がのっかってくる。SとMは関係ないだろうと思うが、恵一には通じない。

「で、小早川さんは誘ってくるタイプじゃ絶対ないから」

「夏樹から誘うのが筋」

「義務」

「使命」

「責任」

「マスト」

「絶対」

「んー……もうない！」

「……ッ」

　松永も恵一もあんまりだ。この二ヶ月、自分がどれだけ苦労したのかは、彼らが一番知っているくせに。

通学途中に話を切り出そうにもきっかけがつかめず、校内で会った時は杏奈の隣にいる筒井まりに妨害され……。

強引に約束させられた「ラインの連絡先を聞けなかったら、その月に三回、学食でおごる」という賭《か》けに二ヶ月連続で負け続けたのだ。

やっと念願叶ったのだから、もっと喜んでくれてもよくないだろうか。

（というか……）

ここで一息つかせてほしい。

やっと連絡先が聞けたと思ったら、次はデートの約束？

そんなの、心臓が持たない。

「つ、つよぽんは味方だよね？」

「教えようか？　熱いデート場所」

「……」

「ねえ、なっちゃん、これはもう今日誘うしかない流れじゃない？」

絶句した夏樹に対し、千葉も笑顔で追い打ちをかけてくる。

「千葉ちゃんまで！」

「おっ、しかも今なら、ラインいらねえ流れだ」

その時、窓の外を見た恵一が声を上げた。

つられて目を向ければ、校庭へと続く屋外渡り廊下《ろうか》に体操服姿の杏奈とまりがいる。どうやら次の授業が体育らしい。

おお、と松永が身を乗り出す。

「ホントだ！　ナイス時間割の妙」

「こりゃ乗るっきゃねえ」

「男は黙って……」

肉声だ！　と松永と恵一の声が被《かぶ》った。

「いやいやいや！」

閉まっていた窓を開けようとする二人を、夏樹は必死でとめた。

黙って肉声、という言い回しは意味が分からない。

なによりも肉声は絶対にダメだ。どこか人気《ひとけ》のないところならまだしも、周囲には生徒がたくさんいる。大声でデートに誘ったりしたら、学校中に自分の恋心が知れわたるではないか。

「マジで！　マジでやめて」

「わかったわかった、じゃ、これはどう？　今、聞くのは勘弁してやるから、ラインで絶対」

恵一が振り返ってにやりと笑う。

「で、これで誘わなかったら、今月もみんなの学食三回おごり！」

「ええっ？」

「最高！」

「決まり！」

夏樹がなにかを言うより早く、松永と剛から賛成の声があがる。

「ひどい……」

「ひどくないでしょ。嫌なら誘えばいいんだから」

愛の鞭《むち》だ、と言わんばかりに、恵一が腕を一振りした。こういう彼を説得できないことは、高校に入ってからの付き合いで夏樹も重々わかっている。

（そりゃ、もっと仲良くなりたいけどさあ）

勇気が出ない。

こんな風に人を好きになるのは初めてで、どうしていいのかわからないのだ。

夏樹は先ほど杏奈たちが通り過ぎた渡り廊下を見つめ、もどかしさに歯噛《はが》みした。

その日の放課後、松永は恵一、剛とともに昇降口に向かっていた。

夏樹だけは今日、掃除《そうじ》当番だ。

そういう時、わざわざ待ったりしないのが、この四人の間柄。教師からは常々、「お前たちは普段つるんでるくせに、たまにドライだなあ」と不思議がられている。

「あれ？」

だが昇降口に着いたところで、松永は目をしばたたいた。

夏樹の下駄箱《げたばこ》をにらみつけるようにして、一人の少女が立っている。

杏奈の友人、筒井まりだ。肩に提げたカバンに、茶色いクマのぬいぐるみがついている。

（一人か？）

松永はまりのことをよく知らない。

結構かわいく、結構好み。杏奈と一緒にいるときはにこにことよく笑っている。

夏樹曰《いわ》く、性格がきついらしいが、そんなことでひるむ松永ではない。きらきらと光るような笑顔で、まりに向かって片手を上げた。

「ごめん、待った？」

「……」

軽いボケのつもりが黙殺され、松永は苦笑した。

「ねえ、まりちゃん。少しくらいユーモアがあってもいいんじゃない？」

「……」

「ねえねえ、ちゃんまりぃ～。ちゃちゃちゃちゃちゃんまりぃ」

「……っ、よく知らねえヤツに『ちゃん』付けされる覚えはない。あと、振りまくユーモアはもっとない」

うなるような低い声が返ってくる。

おっと、これは冗談が通じなさそうだぞ、と松永は内心気を引き締めた。

まりの殺気で、恵一と剛は早々に後ずさっている。松永がそうしなかったのは、ひとえに女好きな性格ゆえだ。

懲《こ》りずに、松永は口調を改めた。

「じゃあ筒井まりさんがここで待ってらっしゃるのは、小早川杏奈さんですか？」

「俺はさん付けしたのに、そっちは呼び捨てかい」

「羽柴夏樹は」

「掃除当番か」

「えっと……夏樹になにか用？」

「ライン、消去しないと」

「消去って、小早川さんの連絡先を？　なんで？」

「虫だから。杏奈の周りでブンブンうるさい」

「……」

ちょっと、カチンときた。松永にしては珍しいことだ。

表面だけはにこやかに……それでも少し本気のトーンで小柄な少女を見下ろす。

「……お前にとっちゃ俺は『よく知らねえヤツ』だろうけど、それ、こっちも同じだからな？　よく知らねえヤツが人の友達、虫とか言ってんじゃねえぞ？」

「あ？」

「つーか、なんでそんな邪見にするんだよ。夏樹は別に悪いヤツじゃねえし、筒井にとっても小早川さんは友達だろうが」

友人に彼氏ができるかもしれないのだから、応援しても罰《ばち》は当たらないと思うのだが。

そういう考えが伝わったのか、まりがじろりと松永をにらみ上げた。

「なんでなんで、うるさい」

「いや、二回しか言ってねえけど」

「そういうところが……っ」

「まりちゃん」

その時、校舎の外から杏奈が昇降口に入ってきた。

「忘れ物は？」

「うんっ、取ってきた、取ってきた！」

その途端、まりの態度がころっと変わった。

攻撃的な悪鬼《あっき》が、かわいらしい女子高生に。

杏奈の片腕にしがみつき、まりは「かえろ～っ」とかわいらしい声を上げる。

肩にかけていたカバンについたクマのぬいぐるみが仲良く揺れた。

杏奈の白クマと、まりの茶色いクマ。

仲良く揺れているぬいぐるみをぼんやり見送ってから、松永ははっと我に返った。

（いや、そんなことより……！）

女性から、こんな粗雑な扱いを受けたのは初めてだ。

思わずなにかを言おうとして口を開きかけた時、まりが一瞬松永を振り返った。

「邪魔してんのはそっちだし」

ぼそっとうめくような一言。

それきり、松永たちを放置し、まりは杏奈とともに去ってしまう。

「……なんだあ？」

まったくもって意味が分からない。

尋ねるように恵一と剛を振り返ったが、まりの剣幕におびえたのか、無言で首を振られるだけだ。

ただ一つだけ分かったことがある。

（気に入らねーっ）

自他ともに認める女好きだが、撤回《てっかい》する。

松永智也、十七歳。筒井まりは恋愛対象外だ。

【　3　】

季節は日々、移ろっていく。

ついこの前、梅雨《つゆ》入りだといわれていたのに、あっという間に真夏だ。真っ青な空から、じりじりときつい太陽が照り付けてくる。

……暑い。

なによりも痛い。目の前で仁王立《におうだ》ちしている、二年三組担任田渕《たぶち》の視線が。

「……ったく、おまえらみたいなバカがいなきゃ、夏休みに補習なんかしなくていいんだけどな。あ?」

スーツをだらしなく気崩し、田渕がねめつけてくる。

鋭い眼光にさらされ、夏樹と松永、恵一は三人そろって身をすくめた。バカ呼ばわりされて腹は立つが、今はなにも言い返せない。

――きついパーマに、ナングラス。

その筋の人間かと思うほど、今日も田渕は凄《すご》みがある。道ですれ違う一般人にもそそくさと逃げられるタイプの男だ。

「……すみません、田渕先生」

ゆっくりと周囲を歩かれ、夏樹たちは小さく頭を下げた。

確かに、自分たちが悪い。定期考査の結果が散々だったのも、補習授業に呼び出されたのも。

そして自分たちは運も悪い。補習場所の視聴覚室に直行しておけばよかったのに、屋根もないゴミ捨て場で、田渕と遭遇《そうぐう》してしまうとは。

早く終われ、と念じながら適当に謝る三人をねめつけ、田渕はわざとらしく声を張り上げた。

「暑いよな。俺も暑いよ。あ？　補習、片倉先生に代わってもらおっかなーっ！」

「すみません、田渕先生！」

今度は三人とも、反射的に声を張り上げた。

田渕の言う「片倉先生」は恵一の兄だ。

一見優しげで生徒想いの温和な教師だが、その実態は恵一以上のドSで、怒らせたらどうなるかわからない。

田渕と恵一の兄……補習相手なら、田渕を選ぶ。

先ほどとは打って変わって、必死で頭を下げる三人に、田渕は呆《あき》れたように鼻を鳴らした。

「つうか松永、俺の影響受けんのはいいけど、誰が制服、そこまで着崩していいって言った？　あ？」

「すみません」

「タブチが言ったか？」

「いえ、先生は言ってません」

「だろ。だって俺、言ってねえもん」

「はい」

「……え？　うん。ネクタイ取りに帰らせろってタブチは言ってるけど、どうする？　あ？」

おもむろに田渕は片手を耳に当て、電話を受けたような演技をした。

この炎天下の中、学校に呼び出されただけでもうんざりしているのに、もう一往復させられてはたまらない。

「勘弁してください」

「……あ？」

弱々しい反論に、射《い》るような視線が返される。

三人はがっくりと深く肩を落とした。

「なにも言ってません」

どうやら今日は、長い一日になりそうだ。


数時間後、三人はぼんやりと商店の軒先《のきさき》で空を眺めていた。

なんとか平謝りして「ネクタイを取りに、一度帰る」ことは免除されたが、そこから数時間、休憩もなく勉強させられた。そのせいか、頭は鈍く痛み、うまく思考がまとまらない。

『言っとくけど、追試の結果次第じゃ、マジで留年あるからな』

補習中、脅《おど》すように言った田渕の言葉が頭から離れない。

『小テストでできないことは、本番じゃ絶対できねえぞ。まずは、なにがわからないかをわかれ。わかったか？　あ？』

「……甲子園じゃ、同世代が頑張ってるっつうのに」

シャク、と手にしたアイスをかじりながら、恵一が重いため息をついた。

夏樹と松永も力なくうなずく。

「落差がひどい……」

「俺、中学で赤点とった時、母ちゃんにガン切れされてさ」

ぼそりと松永が呟《つぶや》いた。

「追い回されたんだよな、包丁持って。……右手に」

「右手に？　……って左手には？」

「砥石《といし》」

厳《おごそ》かに言った松永に、夏樹はゾッとした。

「……それ、研《と》ぎながら追ってくるの？　それとも使ったあとに研ぐつもりで持ってたの？」

「どっちにしろ、絶対留年するわけにはいかねえだろ。死人が出る」

引きつった笑いを浮かべる恵一に、夏樹もこくこくとうなずいた。

正直、友達が減るのは困る。

脳裏《のうり》に浮かぶのは、ここにはいない男の顔。

去年の学年末考査で学年二位の成績を誇る、頼れる秀才の存在だ。

「あの方の力をお借りしよう」

＊　＊　＊

数日後、夏樹と松永、恵一は剛の家を訪れた。

年季の入った古風な木造家屋で、広い庭には井戸もある。

――カシャ、カシャ。

三脚にのせた本格的な一眼レフカメラのシャッター音が響く中、夏樹たちはそろって深々と頭を下げた。

「よろしくお願いしししゃしゃーっす！」

甲子園で試合に臨《のぞ》む高校球児のような仕草。

ピンと姿勢を正し、かぶった帽子を脱ぐイメージで一礼したが、

「嫌だよ」

シャッター音は止まない。

夏樹たちの前では今、不思議な撮影会が行われていた。

特撮映画のヒーローのような衣装を着て、ブリキ製のフルマスクをかぶった男女がお互いを激写しあっている。

ファインダー越しに相手を見つめる眼差《まなざ》しは真剣そのもので、夏樹たちのことなど見も

しない。

縁側にはアニメや漫画のキャラクターが着ている衣装が並べられていて、一通り写真を撮り終わると、別の衣装に着替え、ポーズを決めて写真を撮る、ということを繰り返している。

「……あの、つよぽん。……幸子ちゃん……？」

どうやら家で仲睦《なかむつ》まじくコスプレ撮影デートをしていたところに、アポなしで押しかけてしまったらしい。

そのせいか、剛も幸子も妙に冷たい。

だが、夏樹たちもそう簡単には引き下がれないのだ。今回のテストには三人の留年だけでなく、松永の命もかかっているのだから。

「しょこをしゃんとか、しゃしゃーっす！」

「リアル高校球児、絶対そんな感じじゃないからな」

再度必死に頭を下げると、ようやく剛がしぶしぶ答えた。

ブリキのマスクを脱ぎ、冷ややかな目を向けてくる。

そんな剛に、同じくマスクを脱いだ幸子が重々しくうなずいた。

「せめて坊主《ぼうず》なら、高校球児感が出るけどねえ」

「確かに。それくらいするなら考えてもいいな」

幸子と剛のセリフに、松永が顔を引きつらせた。

「ゆ、幸子ちゃん、冗談キツいよ」

「あっ、冗談なんだ？　私たち二人の時間に横やり刺しといて」

「それは……」

「高校球児のコスプレするからお願いしますってことなら、考えるよー？」

「うち、バリカンあるしなあ、親父《おやじ》の」

しれっと追い打ちをかけてくる剛に、夏樹たちはいっせいにあとずさる。

「つよぽん！」

「よくやられたなあ、悪さするたび。……坊主になるの、代表一人でもいいよ」

「……っ」

お互いに顔を見合わせる。

だがその沈黙もつかの間、松永が満面の笑みで恵一の肩を叩いた。

「そういや恵一、髪切りたいって言ってたなー」

「いやいや、それ言ったの、俺じゃなくてなっちゃん」

突然矛先《ほこさき》が自分に向き、夏樹はぎょっとした。

「俺じゃないって。まっつんでしょ。初の二ミリ刈りに挑戦しようか、とかどうのって」

「言ってねえよ。もう夏樹行けよ」

「嫌だ！　まっつんの座右《ざゆう》の銘《めい》はソロ活動でしょ。代表者なんてぴったりじゃん」

「そうだそうだ、はい決まり！」

自分がやらなければ誰でもいいとばかりに、恵一が夏樹の案に乗ってくる。

お前だ、いやお前のほうだ、と生贄《いけにえ》を押し付けあう三人を見つめ、剛と幸子がそろってため息をついた。

「見苦しい」

「暑苦しい」

「図々《ずうずう》しい」

「帰りの」

「熱中症」

「気を付けて」

バイバーイ、と声を揃《そろ》えられ、夏樹たちははっと我に返った。

「待ってください！　坊主以外でほかに方法ってありませんかね⁉」

「ありませんかね！」

「ありませんかね⁉」

三人とも必死だ。

あわただしく正座する夏樹たちを見て、剛はどこまでも無言。

だがその必死さを哀れに思ったのか、幸子がやや態度を軟化させた。基本的に、情に厚い少女だ。少し考えたあと、幸子はなにかをひらめいたように片手をあげた。

「天啓が降りてきました、つよぽんぬ。この三人は実際、『え、こんなにバカなの？』ってくらいの大バカでしょうから、教えるとしても我々二人だけじゃ無理かと」

「なら、どうすると？」

「教える側にもう一人いたほうが効率的だと思うんです。そしたらマンツー体制組めるし。……とすると……」

幸子が剛の耳になにかをささやいた。

普段、あまり表情の変わらない剛の目が一瞬、キラッと光る。

「なるほど」

「……？」

一瞬、こちらに向けられた剛の視線に夏樹は目をしばたたいた。

＊　＊　＊

昔ながらの日本家屋の一角に剛の私室はあった。

畳《たたみ》敷きの和室にずらりと漫画やフィギュアが飾られ、ふすまや壁にはアニメのポスターが貼ってある。

だがよく掃除《そうじ》されているため、ごちゃついている感じは受けない。几帳面《きちょうめん》なコレクターの部屋、という印象だ。

とはいえ、部屋の印象は今、どうでもいい。

（こ、これは……）

空調の効《き》いた室内で、夏樹は一人、緊張で硬直していた。

大きな平机を挟み、こちら側には夏樹と松永、恵一の三人が。

反対側には「教師役」の三人が座っている。

「直江先生、できました！」

「うむ、見せたまえ」

松永が差し出した練習問題の用紙を、剛が重々しく受け取った。なぜか顎《あご》まで覆《おお》うリアルな口ひげをつけた、サングラス姿。テレビに出ている予備校講師のコスプレだろうか。

その隣では、有能な女教師のような雰囲気《ふんいき》の幸子が、恵一から渡された用紙を見て、うなずいている。

「いいよいいよ、正解だよ、片倉クン」

「ありがとうございます、幸子センセイ！」

ハイタッチする恵一と幸子を横目に、夏樹だけが集中できずにいた。

剛たちが勉強を教えてくれるのは本当にありがたい。マンツーマンでみっちりと指導してくれるのも正直、力になりそうだ。

それはいい。

だが、なぜ。

「羽柴くん？」

「ひ……っ、ハ、ハイ！」

正面から困ったように声をかけられ、夏樹は裏返った声を上げた。

目の前で、絶賛片想い中の杏奈が不思議そうにこちらを見ている。

いつもの制服ではなく、私服姿だ。

……可愛《かわい》い。

髪を耳にかける仕草も、向かい合う距離も。

艶《つや》やかで柔らかそうな唇で名前を呼ばれると、目が離せなくなる。

（でも、なんで小早川さんが……）

マンツーマンで勉強を教えるにはあと一人足りない、と言われたときは、同じクラスの千葉黎子でも誘うのかと思っていたのだ。

千葉ならば気心も知れているし、気軽に頼れる。

だが夏樹のスマホを奪い、剛が連絡したのは杏奈だった。しかも彼女も断らず、わざわざ剛の家まで来てくれた。

（心臓、爆発しそう……）

六月に連絡先を聞いてから、遊びに誘いたくて誘いたくて……それでもずっとうまくいかなかった。途中から松永たちにも哀れまれ、学食を三回おごるという「賭《か》け」が取り下げられたほどだ。

だが今、杏奈は正面にいる。

向かい合い、夏樹に勉強を教えてくれている。

動揺《どうよう》と緊張と喜びで頭の中はぐちゃぐちゃだ。

そんな夏樹の気も知らず、他の四人はテスト勉強に励《はげ》んでいた。

「あー、Xが逃げ出したー。てか、この、何でもかんでも『答えは、答えは』って聞いてくる感じが無理」

のんきにぼやく松永に、幸子が呆《あき》れたように肩をすくめる。

「いや、問題文ってそういうもんだから」

「でも、答えがわかんないから、人生あがくんだろ」

「はい、人生の話はしない」

「けど松永よ」

幸子と松永のやり取りに、剛が口をはさんだ。

重々しい口調と、予備校講師のコスプレが妙にマッチしている。

「わからんことをわからんまま放っとったら、明日も明後日もわからんまんま。それじゃおまんま食べれまへん、って違うか！　はっはっは！」

「はい、剛先生」

「ほい、松永。なんでしょ？」

無表情で高笑いを披露した剛に対し、松永は挙手《きょしゅ》したままちらりと夏樹に視線を投げた。

「剛先生のキャラ設定以上に勉強と関係ないことを考えてると思います、夏樹くんが」

「ええっ？」

突然話を振られ、夏樹はぎょっとした。

不思議そうな顔をした杏奈に気づかれないよう、慌てて首を振る。

「いや、そんなことないって！」

「じゃ絶対『初めて見た杏奈ちゃんの私服、可愛いなあ』とか、『イイ匂《にお》ーい！』とか、『くくく、くちびるぅ～』とかミクロも思ってない？」

「……っ」

「はいっ、『思ってます』いただきました」

返事に詰まった瞬間、すかさず恵一が横から割り込んできた。

「いただかないで！　違うから！」

杏奈の私服は可愛いし、時折ふわりと香る甘い匂いはなんだろうとうっとりしたのは確かだが。

「ほんと！　ほんとに違うから。絶対思ってないからね！」

「……うん」

必死で弁明する夏樹の前で、杏奈が照れたように目を伏せた。

その表情に魅入《みい》られる。

心臓が激しく鳴り始める。

（こんな……）

相手の些細《ささい》な反応を、なによりもうれしく思ってしまう。

追試も案外悪くない。

夏樹は機転を利かせてくれた剛と幸子に、胸中で礼を叫んだ。

＊　＊　＊

その日の夕方。

勉強会を終え、松永と恵一は二人そろって帰途についた。

「あー、この辺、超痛ぇ」

歩道橋を渡りながら、松永は後頭部をさすった。勉強のし過ぎで、めったに使わない頭を使ったからか、後頭部がしびれるように痛んでいる。

その甲斐《かい》があって、かなり勉強は進んだが、疲労感は半端《はんぱ》ない。

「はあ……」

「ん？　どした？　バス乗り遅れるぞ」

ぴたりと立ち止まった恵一に気づき、松永は怪訝《けげん》そうに振り返った。そんな彼に対し、恵一はおもむろに自分の左胸に手を当てる。

「俺はさ。頭プラス、この辺も超痛《いて》えわけさ」

「なんだそれ」

「つよぽんと幸子ちゃん。なっちゃんと小早川さん。……まぶしすぎたー。俺もマジな恋、したくなったー」

「……恵一、結構今、恥ずかしいこと言ったよ？」

「わかってるよ。けど大事でしょ。マジで誰かいねえ？　ふらふらの天才・松永さんのルートをふらふら辿《たど》ってさあ」

「言っとくけど、お前もどっこいどっこいだからな」

「はいはい」

松永の苦言を聞き流し、恵一は勝手にそのポケットからスマホを抜き取った。

いやん、とふざける松永にもお構いなしで、勝手に電話帳アプリを開き、連絡先をスクロールしていく。

「え……」

だがすぐに恵一が絶句した。ア行からずらりと並んだ女性の名前に気づいたのだろう。

「マジかよ……。ア行からこんな？　これ、ワ行までこんな？」

「ナ行以外は」

「あー、ナ行の名字《みようじ》って他に比べて少ないもんねー……ってそういうことじゃねえわ。想像超えてた、怖《こ》えー」

「友達百人できちゃった系？」

「終わってる系の間違いだろ」

ぴしゃりと恵一が一刀両断する。

友人ながら、手厳しいことだ。

「男女間の友情がどうとか、くだらないこと言うなよ」

思わずぼやくと、恵一は肩をすくめ、スマホを返してきた。

「男女間にはSとMしかないっての。……ま、やっぱまっつんの知り合いはいいや」

「なんで？」

「いや、確かに俺も、どっこいどっこいだから」

「それどころか、Sだの M だの、マジで言ってる高校生、俺はお前の他に知らねえよ」

「……とするとだよ？　俺のスマホからも、まっつんのからも、多分たどり着かないんだよ、『マジ』には」

「あー……」

確かに、と思ってしまい、松永は深くため息をついた。

思いがけず、恵一の言葉が胸に刺さる。

ただ、それでも松永はさほど深刻に焦っているわけではない。

女の子はみんな大好きだ。

優しくて甘え上手な子も、明るくて軽い付き合いができる子も。

本命なんて作らず、いろんな女の子と遊んだほうが、自分のペースを保てて楽だし、楽しい。

同じように「ふらふらしている」といわれることの多い恵一と自分だが、その点が明らかに違うと思っている。

恵一は心のどこかで本気の恋を求めていて、真剣にぶつかってきてくれるなら検討《けんとう》するタイプ。

自分は真逆で、気軽な恋愛を楽しみたいタイプだ。誰か一人に縛《しば》られ、振り回されるくらいなら、今のままでいい。

「まあ、確かにまっつんはそうかも」

　恵一が苦笑する。

　自分でもそう思っていたが、友人から言われるとなんとなく否定したい気になる。

「いや、でもわかんないぜ？　もしかしたら今ある連絡先の中にいるかも。俺の『マジ』ってやつ」

「いや、いないっしょ」

「なんで言い切れるんだよ」

「だってその中に、筒井まりはいないわけじゃん？」

「……は？」

　スマホを指さされて断言され、松永はぽかんとした。

　……筒井まり。

　小早川杏奈の親友で、口が悪く、暴力的。

　初対面で「よく知らねえヤツ」呼ばわりされ、友人の夏樹を「虫」呼ばわりした女。

　――あれは、ない。あれだけはない。

　思い切り顔をしかめた松永に、恵一が目をしばたたく。

「あ、違った？」

「むしろ、嫌《きれ》えだわ」

「当たってると思ったのになあ。俺も眼力、鈍ったかあ」

「眼科行け」

「両目二・〇だわ」

のほほんと言いながら、恵一はそれきり話題を終わらせた。

「……」

なぜだろう、妙にそわそわと落ち着かない気分だ。恵一にあまりにも予想外のことを言われたからだろうか。

松永は一人、動揺《どうよう》をかみ殺すように、夕空を見上げた。

あれはない、ともう一度自分に言い聞かせ、松永は考えを振り払った。

＊　＊　＊

「私、知ってるんだー」

皆が帰った後、直江家の縁側で幸子がおもむろに言った。

こうして家でゆっくりして、日が暮れるころ、剛が幸子を家まで送り届ける。それが二人の、休日の過ごし方だ。今日はたまたま、にぎやかな会になったけれど。

「なにを?」

首をひねる剛に、幸子は楽しそうに、ふふふ、と笑った。

「勉強会で、恵一くんにつよぽんぬが妬《や》いてたこと」

「……ないない、そんなの」

「あるね。あったね、そんなの」

「いつ」

「私が恵一くんとハイタッチした時。いや、ずっと? マンツーで私が恵一くんに教えてた間、ずっとー」

「……」

幸子は聡《さと》い。

口調やあだ名、趣味で他人から奇異な目で見られることは多いけれど、いつも驚くほどよく他人のことを見ている。

普段はマイペースだの、なにを考えているのかわからないだのと言われることが多い剛だが、幸子には何でも見抜かれてしまう。

……相性はいいと思う。

自分は漫画を読んだり、描いたりするのが好き。

幸子はコスプレをするのが好き。

一年前に付き合い始めた時は単に「趣味があうと、気楽でいい」くらいの考えだったのに。

「ないって。だって、そんなの……」

今では、こんな風にむきになる自分がいる。誰かに対して、熱くなる日が来るなんて思わなかった。

なおも言葉を続けようとしたが、

「かわいいにゃー。つよぽんぬは私にメロメロかあ」

のしっと幸子がしなだれかかってきて、敗北を認めてしまった。

「……まあ、好きに受け取ってください」

「素直じゃない」

「口下手《くちべた》なんで」

「そういうとこも好きだよ」

「……」

幸子はいつでも直球だ。

そのまっすぐさに目がくらむ。

「ねえ、まじめな話、大学決めた？」

幸子の声が少しまじめなトーンになったのはわかった。

「……まだ。ゆきりん、決めたの？」

「日美林《にちびりん》かな。私、地元好きだし」

「……」

「行きたいんでしょ？　東京。知ってるよ、ちゃんと」

「……」

「とするとだよ？　こうして家まで送ってもらえるのも、あと少しかね」

「……」

茶化すような幸子になにかを言おうとしたが、言えなかった。

胸の奥がぐるりと一度、裏返ったような気持ちになる。重苦しさを呑《の》み込み、剛は顔をそむけた。

「もー、そんな顔しない！」

その途端、幸子が明るく笑う。

ふんわりと優しい声。

触れている肩や腕が温かい。

「……どんな顔？　見てもないのに」

「わかるよ、それくらい。それだけ見てきたつもりだから」

「……まだ決めてないから」

それだけ言うのが精いっぱいだった。

結論を先延ばしにするだけのセリフだ。きっと幸子にも伝わっただろう。

だが彼女は剛の臆病さを咎《とが》めない。おもむろに、昼間コスプレで使っていたブリキのフルフェイスをかぶり、明るく言った。

「じゃあ決めるとき、かけないでよ、天秤《てんびん》なんて！」

「……」

「私は、……つよぽんぬには好きな道を進んでほしいから。たとえ、離れ離れになったとしても」

「……ッ」

ふいに、息が乱れた。

まるで坂道を自転車でこいでいるときのように。

ぐっと歯を食いしばる。

「……そんな顔、するな」

マスクをかぶったままの幸子がどんな顔をしているか、わかった気がした。

逃げようとしたところを捕まえ、後ろからぎゅうっと抱きしめる。

そっとフルマスクを外し、彼女を捕らえる腕に力を込めた。

この距離をなによりも大切に思っている。

幸子の温かさや優しさが大切すぎて目がくらむ。
ひたひたと迫る決断の時を恐れるように、剛は幸子を抱いたまま、きつく目を伏せた。

一方そのころ、筒井まりは書店の参考書エリアに来ていた。
大学の過去問題が詰まった問題集をなんの気なしに眺め、苦々しく唇を噛《か》む。
(東京ねえ……)
本当は少し気になっている。
だが地元を出ていけば、杏奈と離れ離れになるだろう。
……そんなのは嫌だ。耐えられない。
「……?」
その時、マナーモードにしていたスマホが震えた。
液晶画面を見ると「まーくん」の名前。
「……」
周囲に人がいないことを確認し、まりは通話を受けた。
『あ、俺』

聞きなれた男の声がする。

『由香《ゆか》が晩飯、一緒にどうかって。お前、最近、うち来てねえだろ』

「あー、そうだっけ」

『そうだよ。唐揚《からあ》げだってよ、今日』

男が呆《あき》れたような声をあげる。

……唐揚げは好きだ。正直、少し心が揺れる。

だが、まりは胸中の緊張を隠し、何気ない風を装《よそお》って軽く言った。

「まあ誘ってくれるのは嬉しいけど、今、友達といるから。……夜も一緒に食べると思うから厳しいね」

『そうか。……厳しいね、その嘘も』

「……は？」

一瞬、体がこわばった。

それに気づいているのかいないのか、通話口から、ふー、と長い吐息が聞こえた。

『お前、ほんとは一人だろ？　周りで誰の声もしねえじゃん』

見透かされた、とは焦らない。これくらいのツッコミは想定している。

まりはあえて呆れたような口調で言った。

「……あのさ、ここ本屋。本屋の、人気《ひとけ》のない片隅」

『なんだ。じゃあほんとに用事あるのかよ』

「だから言ってんじゃん。てか、料理してるってことは落ち着いたのね、由香さんのつわりは」

『ああ、前よりだいぶ？』

「よかった。だから禁煙の約束破ってんだ？」

『いっ……』

ぎょっとしたように通話の先で絶句され、まりは胸がすく思いがした。

自分ばかりが相手のことをわかったつもりになるなんて百年早い。……いや、正確には十七年早い。

生まれた時から、ずっと一緒なのだから、こっちだって相手の性格はお見通しだ。

先ほど聞こえた、ふー、という長い吐息。

あれはタバコだろうと思ってカマをかけたが、当たりだったようだ。

「バレバレ。妹ナメんなよ」

鼻で笑い、電話を切る。

兄の昌臣《まさおみ》は今頃、悔《くや》しがっているだろうか。それとも妹が自分の嫁に、喫煙《きつえん》のことを密告しないかと心配しているだろうか。

焦る兄の顔を想像し、笑おうとしたが、すぐ我に返る。……むなしい。

「ねー、この辺じゃない？　……ほら、あったー」

その時、同い年くらいのカップルがまりのいる一角にやってきた。

参考書をべたべたと触りながら、「一緒に東京の大学行こうね」、「部屋も一緒に借りちゃう？」と吐き気がするような甘ったるい会話を繰り広げている。

「……っ」

なぜか胸の奥がムカムカし、まりは衝動的にスマホを立ち上げた。

連絡先に登録されているのは四件のみだ。

お父さん、お母さん、まーくん……杏奈。

少ないが、別にいい。

自分には、その四人だけでいい。

いや、今切ったばかりの兄には電話なんて掛けられない。彼にはもう決まった人がいるのだし。

「……」

まりは夢中で杏奈に電話をかけた。

だがいつまでたってもむなしいコール音が響くだけだ。

（そう、か）

用事があると言われていたことを思い出し、まりはのろのろと電話を切った。

まりからの着信履歴《りれき》に気づいた杏奈が電話してきてくれるかと思ったが、いくら待ってもスマホはうんともすんとも言わなかった。

声が聴きたい。そばにいてほしい。

願いはそれだけなのに、そんなことすら簡単には叶わないらしい。

「……ッ」

先ほどまで見ていた問題集の棚を振り返った。

(東京に行ったら、会えなくなる)

……でもそれは、地元にいても同じかもしれない。

まりはうつむき、足早にその場を立ち去った。


同じころ、夏樹は杏奈とともに駅のホームにいた。

皆のおかげで、なんとか追試対策もできた。

あとは当日、自分が頑張るだけだ。

「今日……今日はありがとう！　来てくれてすごく助かった」

「ううん、勉強お疲れ様」

杏奈がねぎらうように目元をやわらげた。

「……私、今まであまり友達いなくて……あんなにみんなで集まったの初めて」

「小早川さん……」

「だから、誘えばよかったかな、まりちゃんも。……男の子がいるから、遠慮《えんりょ》しちゃったけど」

「仲いいよね、筒井さんと」

「人見知りで愛想もない私にできた、初めての友達。それがまりちゃん」

「……そうなんだ」

「うん」

小早川さんは愛想ないわけじゃない、と言えばよかったと思ったが、もう遅い。

いったん会話が途切れてしまう。

(失敗した……)

杏奈は確かにおとなしいし、表情もあまり変わらない。

だが、夏樹が話せば聞いてくれるし、質問すれば答えてくれる。

今日だって、自分には関係のないことなのに、夏樹たちの追試対策のためにわざわざ剛の家まで来てくれたのだ。

……杏奈のことをもっと知りたい。

こういう時、一息でいいところを十個は言えるくらい。

「あ、あのさ。今度、神社で縁日あるでしょ？」

意を決して、夏樹は声を上げた。

自分と杏奈の帰る方角は逆だ。今話しておかなければ、それきりになってしまう。

「一緒にどうかな、筒井さんも誘って。……あ、もちろんせっかく勉強教えてもらったんだから、俺たちが追試通るのが大前提だけど」

「……」

「あの……」

杏奈の目が少し困ったように揺れたのを見て、夏樹はうつむいた。

「……今のナシ。ごめん、忘れて」

「違うの、行きたいよ。……けどまりちゃんは男の子が苦手なの。だから難しいと思う」

「……そっか」

なにか気の利《き》いたことを言おうとしたが、そのとき電車がホームに滑り込んできた。

……残念だが、タイムリミットだ。

名残惜《なごりお》しさをかみ殺して見送る夏樹の前で、

「今日はありがとう」

乗り込んでから、杏奈がくるりと振り返った。

夏樹は慌てて首を振る。

「いや、こっちがありがとう、だよ！」

「すごく、楽しかった」

まるで小さな白い花が咲いたように、杏奈が淡くほほ笑んだ。

それだけで返す言葉をなくした夏樹をその場に残し、杏奈は去っていく。

「……っ」

初めてだ。

杏奈が、夏樹に笑いかけてくれたのは。

驚きがじわじわと喜びに変わっていく。

縁日へ行く誘いを断られたことも忘れ、夏樹はしばらく夢見心地で立ち尽くした。


【4】


とっぷりと日が暮れた小さな神社に、ずらりと赤い提灯《ちょうちん》が並んだ。

参道の両脇や境内《けいだい》には、たくさんの屋台が軒《のき》を連ねる。

八月中旬《ちゅうじゅん》のむわっとした夜気もなんのその。境内は大勢の人でごった返していた。

勉強会が功を奏し、夏樹、松永、恵一の三人はなんとか追試をクリアした。

ずっと気がかりだった「留年」の件も、夏樹たちに危機感を持たせるための担任田渕の嘘だと判明し、皆で脱力したのが昼間の話。

開放感あふれる中、夏樹たちはいつもの四人と幸子とで縁日を訪れたのだった。

数日前の勉強会の帰りに杏奈を誘ったが、断られたので仕方がない。今日はいつものメンバーだけで楽しもう。……そう思っていたのに。

「ウソ、当たった！」

射的《しやてき》の出店にて、おもちゃのコルク銃を持ったまま、まりが目を丸くした。

浴衣《ゆかた》を着ると、普段のとげとげしさが薄れて見える。

見守っていた私服姿の松永と恵一、浴衣を着た剛が「うえーい」と歓声とともに手を上げた。

「うえーい！」

浴衣姿の幸子までもがハイタッチを促したせいか、

「うえーい！」

意外なことに、まりもハイタッチに乗ってきた。二人は初対面のはずだが、警戒心の強いまりでさえ、幸子の明るい雰囲気《ふんいき》に流されたのだろうか。

直後に我に返り、渋面《じゆうめん》を作るまりに、松永たちも苦笑している。

「……あ、会えるなんて、びっくりした」

そんな彼らから少し離れた場所で、浴衣姿の夏樹はそわそわしながら言った。

隣に、同じく浴衣を着た杏奈がいる。

先ほど偶然出会った時は、夢でも見ているのかと思ったものだ。

「うん、よかった。まりちゃんも楽しそうだし」

杏奈が嬉しそうに目を細める。

その横顔に魅入《みい》られそうになり、夏樹は慌ててまりたちの方に目を向けた。

「すごいじゃん、まりっぺー」

幸子がにこにこしながら、まりに絡んでいる。

「なんだ、その急についた『ぺ』は」

嫌そうなまりに、脇から松永がからかうように、

「ひゅー、まりっぺ、突っ込むぅ」

「黙れ。よく知らねーヤツ」

意地でも名前を呼ぶものか、と言いたげに、まりが松永をじろりとにらんだ。

それでも松永は楽しそうに笑っている。

……なんだか意外だ。

夏樹の知る松永は気楽で楽しい付き合いを好み、まりのように攻撃的な少女には最初から近づかなかったものだが。

「羽柴くん？」

声をかけられ、夏樹ははっと我に返った。

杏奈を退屈させてしまっただろうか。

「なんでもない！　あ、なんか飲み物買ってくるね！」

夏樹は慌てて、近くにある屋台に駆けて行った。


――ふと気づくと、杏奈の姿が見えなかった。

「……あれ？」

まりは焦って、周囲を見回した。

どこに行ってしまったのだろう。

急に、迷子の子供のように心細くなってくる。

射的で手に入れたぬいぐるみを小脇に抱え、綿あめを片手で持ちながら、せわしなく視線をうろつかせると、人混みの中に杏奈を見つけた。

ほっとしてそちらに向かおうとしたが、

「……ッ」

隣に夏樹がいることに気づく。

二人はラムネの瓶《びん》を手に、笑いながら風車《かざぐるま》の屋台を見ていた。肩を寄せ合って風車を選んでいるところは、まるで仲の良いカップルのようだ。

無性に苛立《いらだ》ち、そちらに向かおうとしたが、

「なあ……なんで？」

「……な」

脇から、いきなり手首をつかまれた。

振り返ると、松永が立っている。

呆《あき》れたような、困惑したような、複雑な顔で。

「……離せ」

「友達の邪魔、そんなにしたい？」

まりが腕を振り払うと、おとなしく手を離しながら松永が尋ねた。普段の茶化すような声と違い、今の彼の声はどこか冷ややかだ。

一瞬気圧《けお》されたような気になり、まりは再び松永をにらんだ。

「違う」

「……違う？」

「友達じゃ、足らない」

「……」

「あんたにはわかんない」

一瞬、不覚にも声が揺れた。泣き出す予兆のように、つんと鼻の奥が痛くなる。

はっと息を呑《の》んだ松永をその場に残し、慌てて顔を背けて駆けだす。

虚を衝《つ》かれたような松永の目が一瞬、脳裏《のうり》に焼き付いた。


「……」

一方、恵一はそのやり取りを少し離れたところで見ていた。

声をかけるにかけられない。

ただなんとなく、自分が今見たものをなかったことにしたくて、恵一は踵《きびす》を返した。

（……なんだこれ）

胸の奥がもやもやする。

まりに対して、ではない。

松永に対して、でもないと思う。

ただ無性に、その場にいたくなかった。

「……」

一人、縁日会場に作られた飲食スペースで、買ったばかりのイカ焼きをかじっていると、ふらりと浴衣姿の剛がやってきた。

「なにかあった？」

「……なにも。幸子ちゃんは？」

「お花摘《つ》み」

「古風な……。トイレって言いなさい」

「で、なにかあった？」

目ざとい友人に苦笑する。

なんてことないように笑いながら、恵一は肩をすくめた。

「風の噂《うわさ》でね。元カノが最近、結婚したってだけ」

「どの元カノ？」

「美容師の」

「あー、割りと続いてた」

「そうそう」

お互い、長い付き合いだ。

それだけでもある程度、事情は察してくれる。

「結婚かあ、リアリティが遠い。……で、それが予想以上にショックだった、ことがショックだった？」

「そうそう。別れて結構立つし、未練もなかったはずだし……なのに、なんだこのもやもやは、っていうね」

「なるほどねえ」

「あーあ、俺の恋は、いつ始まんだろうなあ」

「SとかMとか言わなくなったら、じゃない？」

「あー……」

少し前、松永にも同じようなことを言われたと思いだす。

そういう松永は、恵一の目から見ると、最近まりを気にかけているようだ。

あれが恋なのか愛なのか、それとも単なる珍獣に対する興味なのかはまだわからない。

ただ、

（まっつんは筒井さんでしょー。なっちゃんは小早川さんでしょー）

そして剛と幸子。

みんな、視線の先に誰かがいるのに、自分だけ虚空を見つめている気がして焦るのだ。

「……ハハ」

だが、そんなことは打ち明けられない。

言ったら、きっと剛は気にしてしまう。

焦りを隠すように、恵一はあいまいに笑った。

＊　＊　＊

境内《けいだい》の騒がしさを避け、夏樹は杏奈とともに神社の石段脇に座っていた。

「大丈夫？」

「うん、平気」

持っていた絆創膏《ばんそうこう》を足の指に貼りながら、杏奈がほっと息を吐いた。

慣れない草履《ぞうり》の鼻緒《はなお》で靴《くつ》ずれしかけていたようだが、早めに治療できてよかった。きれいな横顔に魅入《みい》りそうになり、夏樹は慌てて周囲を見回した。

「みんな、どこ行っちゃったんだろ」

「返信もないし」

「ね」

お互いのスマホでそれぞれの友人たちに連絡したが、今のところ誰からも返信がない。皆、思い思いの場所で祭りを楽しんでいるのだろうか。

「……きれい」

その時、ぽつりと杏奈が呟《つぶや》いた。

つられて顔を上げると、満天の星空が広がっている。

「うわ……ほんと」

見上げると、視界が星空で埋め尽くされた。ぐうっと空に吸い込まれそうになり、平衡《へいこう》感覚が崩れる。

思わず身を乗り出した瞬間、夏樹と杏奈の指が触れた。

「……っ」

一瞬で星空のことが頭から吹き飛び、カッと全身が熱くなる。

慌てて夏樹は手を引っ込め、

「あっ、ごめん」

「こっちこそ、ごめんなさい」

それきり、沈黙が落ちた。

居心地の悪いものではないが、少し緊張感を伴《ともな》う静寂。

(今なら……)

聞けるだろうか。

緊張で張り付きそうな舌を無理やり引きはがし、夏樹はずっと聞きたくても聞けなかったことを切り出した。

「……こ、小早川さんは、いるの？　付き合ってる人」

唐突《とうとつ》すぎただろうかと後悔《こうかい》したがもう遅い。

内心で慌てる夏樹には気づかず、杏奈は静かに首を振った。

「まさか。……私、付き合うとか恋愛とか、そういうのは縁がなかったから。考えたこともないし」

「そ、そうなんだっ？」

「でも、ゆきりんと直江くんを見てたら、少しだけ……」

「興味、湧いた？」

「まだよくわからないけど。……あ、ごめんね。つまらないよね、こんな話」

恐縮したように小さくなる杏奈に、夏樹は慌てて首を振った。

つまらないどころか、顔がにやけそうだ。

杏奈に彼氏がいないと知っただけで。

「そんなことない！　恋するタイミングなんて、人それぞれだと思うし」

「……かな？」

「……多分」

願わくは、そのタイミングで彼女の視界に入っていたい。

もっとも、そこまで言えるはずもなく、夏樹は黙って頬《ほお》を掻《か》いた。

再び、二人の間にぎこちない沈黙が落ちる。先ほどと違って今度は妙に落ち着かない、そわそわとした空気だ。

緊張に耐えかね、夏樹がなにかを言おうとした時だった。

「戻ろうか」

杏奈が立ち上がった。

提灯《ちょうちん》の明かりに照らされ、淡くほほ笑む杏奈の顔に、思わず目が引き寄せられる。

（恋するタイミング……）

それはもしかしたら、一度ではないのかもしれない。

話しかけて、返事がもらえた時。

羽柴くん、と呼んでもらえた時。

今のように、胸の内側の想いを少しだけ明かしてもらえた時。

なにかがあるたび、自分は何度も恋に落ちている。

この日もまた、もう何度目かもわからない動悸《どうき》でめまいがしつつ、夏樹は杏奈に促されて立ち上がった。

縁日の非日常的な空気の中に、二人の姿が紛《まぎ》れた。

【５】

現実はいつだって厳しい。

楽しかった夏休みはあっという間に過ぎ、どんどん秋が深まっていく。

地面にはカサカサに乾いた落ち葉が大量に降り積もり、日照時間は短くなり、空はその色を薄くした。

十月某日《ぼうじつ》。

秋の「ものわびしさ」に拍車をかけるように、ついに夏樹たち高校二年生の間にも進路指導や個人面談といった単語がささやかれるようになった。

「で、どうすんだ?」

放課後の二年三組の教室にて、正面から田渕がじろりとねめつけてくる。今日もきついパーマとサングラス。迫力満点の担任だ。

サングラス越しの眼光に射貫《いぬ》かれ、夏樹は反射的に肩をすぼめた。

「お前はいつになったら頑張るんだ? これからとかふざけたこと言うなよ。あ?」

「……すみません」


その数十分後、今度は呼び出された恵一が、

「もう夏も終わった。あっという間に冬だ。……で、高三だ」

「はい」

「なってからじゃ、遅いと思わねえか、片倉? あ?」

「はい」

「お前の兄貴はよくできたのになあ。今は立派な先生になってよお」

「……そのとおりです」

さらに数十分後、同じ席では松永が。

「慌てて勉強して入れる大学なんて、行く価値自体怪しいトコしかねえんだよ。なあ、松永。そんなのは……俺、なんつった？」

「学費の無駄、です」

「そうだ。親泣くぞ」

「はい」

「タブチだって泣くぞ？」

「……はい」

表向きは従順な松永に対し、田渕はじろりと凄《すご》みのある視線を投げた。

「ただ、まあお前の場合？　行けるトコ自体ねえけどな」

「……ひどい」

地獄のような進路指導を終え、三人は廊下《ろうか》の壁に向かってうなだれた。

呆れ顔の剛の視線を感じつつ、繊細《せんさい》な心はズタズタだ。

担任にああも徹底的にダメだしされて、「よーし、今日から頑張ろう！」などと思える高校生がどれだけいるというのだろう。

(俺たちだって……)

なにも考えずに遊び惚《ほう》けているわけではない。今しかないこの時間を、どうにも手放しがたく思っているだけなのだ。

(でも)

確かにもう高二の秋だ。

どんなに嫌だと思っても月日はうつろい、どんどん卒業に近づいていく。

こうして、気の合う仲間たちと毎日つるむのも、校内のあちこちに、好きな人の姿を探すのも……あと一年ちょっとで終わってしまう。

「…………」

終わり、の三文字にぞわりと心臓が裏返った気がした。

突然焦燥《しょうそう》感が膨《ふく》れ上がり、誰からともなく歩き出す。

ゆっくりとした歩調は次第に速くなり、気づけば全員で全力疾走していた。

「……ッ！」

競うように階段を降り、校舎を飛び出す。

屋外プールのほうに足を向けたのは、誰が最初だっただろう。……わからないが、四人ともまっすぐに「そこ」を目指した。

そして、

「あぁぁ……ッ！」

ジャケットを脱ぎ、松永、恵一、夏樹の三人が勢いよくプールに飛び込んだ。

バシャーン！　と派手な水しぶきが上がる。

「……」

それを見ながら、プールサイドで剛は一人、たたずんだ。

思い出されるのは彼ら三人の後に行われた、自分の進路指導のこと。


『言っとくけど、バカどもに合わせてるつもりなら……』

『ないです、それは』

『じゃ、なにを迷ってんだ？』

意味が分からない、と言いたげな田渕に、剛はわずかに顔をそむけた。

『……地元もあるなあ、と』

その瞬間、返ってきたのは盛大なため息。

テーブルに並べた資料を田渕は指でトントンとつついた。

『お前にはタブチだって言うぞ？　早稲田《わせだ》法学部！　決まりでいいだろ？』

東京都にある国内有数の難関大学、難関学部。

学力的に、ここに決めてしまえと彼は言う。

それが妥当《だとう》だと簡単に言う。

自分はまだ迷っているのに。


ふいに持っていたスマホが震え、剛は我に返った。

目の前のプールに浮かぶ三つの波紋から目を離し、スマホの画面に目を向ける。

『進路指導、終わった？　こっちは今、店に入ったよ』

幸子からのラインだ。

いつもしている放課後デート。

幸子は今日もカフェで自分を待っている。

あと何回、一緒にいられるのかもわからないのに……きっと、今ある時間を楽しむように、彼女は嬉しそうに笑うのだ。

「……っ」

何かに駆り立てられるように、剛はジャケットを脱ぎ捨て、プールに飛び込んだ。

ザパン、と大きな水しぶき。

予想外だったのか、恵一が目を丸くした。

「ちょいちょいちょい、キャラ違いすぎだろ、つよぽん」

「勝手にキャラを決めないでください」

その口調が普段よりも固く、強い語調だったからだろうか。

夏樹たちは顔を見合わせたものの、それ以上茶化すことはしなかった。

お前のキャラはこれだ、なんて。

他人に決められて、うれしいわけがない。

「なるほど。天秤《てんびん》か」

なにかを察し、恵一が苦笑した。

剛は大きくため息をつく。

「……かけるなって、そりゃ無理だよ」

大切だから、かけるのだ。

進路も、幸子も。

そんな思いを正しく察したのか、夏樹たちはそれ以上踏み込もうとはしなかった。むしろさりげなく話題を変える。

「……後悔《こうかい》してない人、いる？」

プールに浮かびながら空を見上げ、夏樹が苦笑気味に尋ねた。

「それはなに？　今の話？」

松永がふざけたようにまぜっかえす。

「それともこれまでの人生全部、的な話？」

「とりあえず今の話」

「なら、勢い怖《こ》えーって思ってるよ」

「どこのバカだ、言い出したのは」

同じように大の字で浮かぶ恵一に、松永が、ふんと鼻を鳴らす。

「そこのお前だ。いの一番に飛び込んだだろ」

「まあそうだけどさあ。けどさあー」

「こんなの、今しかできないって？」

ぼやいた恵一の言葉を、剛が引き取った。

そうそう、と恵一はうなずく。

「十七の特権」

「現実逃避が？」

自虐《じぎゃく》的なことを言う剛に、三人がそろって「つよぽん、それ笑えねえ」と抗議する。

だが、まあ確かにその通り。

現実逃避、上等だ。

「とりあえず俺、球技大会は燃えるわ」

「乗った。ストレス発散だ」

松永が言うと、恵一が即座にそれに乗っかる。

夏樹と剛も異論はない。

やってやるぜ、と口々に声を上げた。


その様子を、校舎の廊下から杏奈とまりが見ていた。

「ふふ」

もう十月だというのに、制服でプールに飛び込んだ四人を見下ろし、杏奈はまぶしそうに目を細めた。

自分にあんなことはできない。

でも、ああしたかった気持ちはわかる。

杏奈だけではない。きっと今の時期の、高校二年生はみんな同じ。「今」と「これから」に対するどうしようもない不安を夏樹たちが抱えて、プールに飛び込んでくれた気がした。

「ほんと、バカばっかり、男って」

隣でまりが呆《あき》れたように呟《つぶや》いたが、杏奈はそうとは思えない。

楽しそうにプールを見下ろし、冷たくないのかな、なんて他愛《たわい》ないことを考える。

なんだかとても、和《なご》やかな気持ちだ。

はしゃぐ夏樹たちの声が、耳にとても心地いい。

＊　＊　＊

――カキィン！

よく晴れた秋の空に、澄んだ音を立てて白球が打ちあがった。

球技大会当日だ。

フルスイングでボールを打ち抜いた夏樹が「いよっしゃ！」と声を上げ、走り出す。

「GO、GO、GO、GO、GO、GO！」

同じクラスの恵一と松永が外から熱い声援をかける。普段は冷静な剛も、活躍する友人に「なっちゃん、やば」と顔をほころばせた。

「……げ」

そんな大盛り上がりの校庭を目の当《ま》たりにし、まりは思わず顔をしかめた。

球技大会では男子が野球、女子がバスケやバドミントンをすることになっている。自分たちの出番を待つ間、杏奈を誘ってちょっと水を飲みに来ただけなのに、夏樹の活躍を目撃してしまうとは。

「転べ転べ！　……って、え？」

雑談の途中だったことも忘れて、夏樹の失敗を祈ったまりは、一拍遅れてぎょっとした。

今、杏奈はとんでもないことを言わなかっただろうか。

「アイツと？　恋バナ？　したの？　夏休みの縁日で？」

「……うん。した」

「なんで？」

愕然《がくぜん》としたまりには気づかず、杏奈はどこかまぶしそうにベースを回る夏樹を見つめた。

「……なんでだろう。わかりたいって思ったのかも。恋について」

水飲み場で蛇口《じゃぐち》をひねり、水を飲む。

目をそらし、まりは別の蛇口から勢いよく水を出した。

「……わかんなくていいよ、そんなの」

「……」

水音に紛《まぎ》れ、まりの呟きは聞こえなかったのだろう。

杏奈はまだ、夏樹を見ている。

彼女の視線を独占する男が忌々《いまいま》しくて、杏奈は校庭に目を向けた。

輝かしい笑顔で夏樹は三塁を回り、本塁へ駆けていく。

ランニングホームラン。この日のヒーローだ。

……だが、彼はホームベースを踏む直前で転倒し、あえなくアウトになった。

「どんくさ」

まりは呆れて呟いた。

仲間たちからのブーイングを受け、夏樹ががっくりとうなだれている。

不思議なものだ。ミスしろと祈っていたのは確かなのに、実際に夏樹が失敗すると、それはそれで腹立たしい。

つまりは、そう。自分は夏樹のすべてが気に食わないのだろう。

ふん、と鼻を鳴らし、まりは踵《きびす》を返した。


「……」

振り返らずに去っていくまりの背中を見つめ、杏奈は少し迷った。

まりが振り返らないのは、杏奈があとを追ってきてくれると信じているからだろう。もちろん、そうするつもりではある。だが、

(羽柴くん、頑張ってた)

今のは本当に惜《お》しかったと思う。

一言でいい。ねぎらいたい。

せめてタオルを渡すだけでも……。

「惜しかった！　ナイスラン！」

「……っ」

だが、杏奈が自分のタオルを手に、夏樹のほうへ向かおうとしたとき、別方向から駆けてきた千葉黎子が夏樹の頭を自分のタオルでかき回した。

「千葉ちゃんっ、もう少し優しく！」

飼い犬をわしゃわしゃと拭くような千葉の手つきに、夏樹が悲鳴を上げる。

自分といる時よりも大きな声。

はじけるような明るい笑顔。

自分の知らない、羽柴くん。

「……」

不意に心臓がしくりと痛んだ気がして、杏奈は逃げるように校庭をあとにした。

なぜだろう。こんな気持ちになるのは初めてだ。

夢中で、まりが向かったであろう体育館に戻ったが、

「あれ？」

体育館にまりはいなかった。

わぁわぁとにぎやかな声援とボールの音、ホイッスルやコートを走るシューズの音があちこちから降ってくる。

妙に所在ない気持ちだ。

居心地が悪く、杏奈がうつむいた時だった。

「二年の、小早川さんだよね？」

脇から突然声をかけられた。

振り返ると、見覚えのない男子生徒が立っている。

長身で、ヘルメットのような髪型の男。自信のある笑みを浮かべる彼に、杏奈はひそかに身をこわばらせた。

……多分三年の先輩だ。でもそれ以外はわからない。

誰なのだろう。なぜ自分に話しかけてきたのだろう。頭の中に疑問がたくさん浮かび、逃げたくなる。

だがそうすることもできず、杏奈はそろりと彼を見上げた。

「……はい、そうですけど……」

「少し、ほんの少ーし話さない？　ぷんぷん一分」

「……」

なじみのないノリに、続く言葉が出なくなる。

誰かに助けを求めたかったが、杏奈に気づいてくれる人はいない。いつもならかばってくれるまりもいないし、夏樹は校庭で野球をしている。……いや、彼は今も、千葉と楽しげに話しているのかもしれない。

「……」

夏樹には頼れない。

追い詰められたような気持ちで、杏奈は先輩に背を向け、体育館から逃げ出した。


「杏奈ぁ～、どこ行ったのよー」

一方、まりは困り果て、校舎裏の土手をうろついていた。

つい先ほどまで一緒にいた杏奈がいない。校庭で野球をしている夏樹を見るのが嫌で、一人で立ち去ってしまったのが失敗だった。

すぐに引き返したが、もう杏奈はその場におらず、いくらスマホで連絡してもつながらない。

どこに行ってしまったのだろう。今、どこにいるのだろう。

……ああもう、杏奈が隣にいないと自分はダメだ。

イラついてしまって落ち着かない。

「一緒に探しますって」

その時、斜め後ろから苦笑気味に声がかかった。

振り向かなくても分かる。松永だ。

夏樹と同じクラスなのだから彼もまた試合中だろうに、お構いなしでついてくる。

「うるさい、そんなに探したいなら、自分探しでもしてろ！」

「距離詰めますよー、今、詰めてますよー」

「……っ」

どんなに邪見にしても、松永はめげない。

ついてくんなっ、とにらみつけると、締まりのない顔でほほ笑まれた。

「小早川さん見つけたら、連絡するから」

「う……」

その申し出に、少しだけ心が揺れる。

突っぱねようとも思ったが、杏奈を見つけたい気持ちが勝る。

「じゃあ、そうして」

「OK！　そうするそうする、そうします！」

嬉しそうにスマホを取り出した松永に、まりは不審げに眉《まゆ》を寄せた。

「……なに？」

「連絡は、連絡先を知らなきゃ連絡できないでしょう」

「……」

それは確かにそうだが、

（こいつ、どういうつもりだ）

松永と二人で話すのは、夏休みに偶然出会った縁日以来だ。

――友達じゃ、足りない。

あの日、衝動的に口にした一言に対し、松永はなにも聞いてこない。

まりに興味がないからならば、いいのだが、松永はこちらがいくら不愛想な態度をとっても、にこにこと笑顔で接してくる。

なにを考えているのかわからなくて、警戒心が先に立つ。

「ほらほら、連絡先」

促され、渋々まりはスマホを差し出した。

連絡先を交換し、嬉しそうに番号を登録している松永を見て、重いため息をつく。自分も一応、番号は保存したが、

『よく知らねえヤツ』

松永の登録名なんて、それで十分だ。

＊　＊　＊

（うーん、どうしたものかなあ）

恵一は体育館と校舎をつなぐ渡り廊下《ろうか》にて、珍しく困り果てていた。

目の前には、後輩の女子生徒。子犬のように必死な眼差《まなざ》しで、恵一をまっすぐに見上げてくる。

十分ほど前、球技大会中に校庭脇の水飲み場にいる杏奈を見かけた。

夏樹と千葉が談笑している姿を呆然《ぼうぜん》と見つめたあと、黙って踵《きびす》を返した背中がどうにも放っておけなくて追いかけようとした時、後輩の少女に声をかけられたのだった。

……ずっと「マジ」な恋がしたかった。ラインや手紙で告白せず、直接声をかけてきたあたりは、とても好感が持てる。……だが、

『好きです』

真正面から、後輩の少女はそう言った。

『遠くからずっと見てて、片倉先輩って優しくて、おおらかな人だと思ってて』

だから好きです、と彼女は言った。

（俺、ちがうんだよなあ）

どちらかと言えば、恋人は困らせたいタイプ。自分の無茶ぶりに振り回されたり、半泣きになってくれるとぞくぞくする。

だから、彼女が好きになった「片倉恵一」はどこにもいないのだ。

「……悪いけど」

だが、苦笑気味に断った恵一に対し、少女は引き下がらなかった。

「彼女はいませんよね。友達からでもダメですか」

「え、いやあ」

「友達として一緒にいたら、好きになるかもしれないですよね。彼女がいないなら……」

これはなかなかの強敵だ、と内心、恵一がうなった時だった。

体育館から少女が一人、足早に出てきた。その後ろを上級生らしき男子生徒が追いかけている。

杏奈だ。何か困っているように見える。

「……実は彼女、いるんだ」

「え？」

少女の疑問には答えず、恵一は杏奈の方に目を向けた。

「どした？」

「あ、片倉くん」

さりげなさを装《よそお》って声をかけると、杏奈はほっとしたような顔をした。

その表情でピンときた。

恵一はにこりとほほ笑みながら、杏奈のあとを追ってきた先輩に向かって自分と杏奈を交互に指さす。

「え……」

「あ、俺、彼氏でー、そっち、彼女なんです」

はっきりとした恵一の言葉に、先輩は目に見えてひるんだ。

「……あー、そう。へー、そう」

「ええ、すみません」

「え、え、え、なんで謝るわけ？　謝る必要ナッシングでしょう」

「いや、だって俺の彼女に」

「いやいやいや、別にアレだから。そういうアレじゃないし、全然、全然。アレのついでにアレしただけだからマジ。……じゃ」

精いっぱい格好つけた様子で片手を上げ、先輩はそそくさと去っていった。

アレ、が多すぎてなにを言いたいのかよくわからなかったが、まあいい。先輩なりの「君の彼女に迫っていたことを深く考えないでくれ」という意思表示だろう。

……次は「こっち」だ。

恵一は立ち去った先輩の背中から目を離し、背後の後輩女子を振り返った。

「まあ、そういうわけなんだ」

立ち尽くしていた彼女にそれだけ言う。

杏奈と恵一を見比べ、お似合いだとでも思ったのだろうか。一瞬泣きそうな顔をしながらも、後輩は一礼して去っていった。

「ふー……」

無事、問題が解決してよかったと思うものの、少しだけ罪悪感を覚える。

人を傷つける行為は、どんな理由があろうと嫌なものだ。それでも受け入れることはできないのだから、仕方ないけれど。

「ありがとう、助かりました」

二人きりになったところで杏奈がペコリと頭を下げる。

「お互い様」

「あー……、でもよかったの？」

「……そういうアレじゃないから」

思わずそう言ってから、先ほど「アレ」を連発していた男子生徒のことを思い出す。確かに便利な言葉だが、具体性が全《まった》くない。

杏奈もそう感じたのだろう。

顔を見合わせ、くすりと笑いあう。

「アレって?」

「確かに、来るもの拒《こば》まず乗ってみるって手もあると思うけど、それは恋に発展する気がしないというかさ。そもそも恋ってなんだっていうアレでね。……って恋恋うるっせえな、俺は。いくつだよ」

「十七でしょ?」

「ふっ」

律儀《りちぎ》な杏奈に、恵一は思わず吹き出した。

なんだろう、少し愉快な気持ちだ。

もっと話したいような……もっといろんな表情が見たいような。

ひとしきり笑ったあと、恵一は肩をすくめた。

「これ、変な噂《うわさ》になっちゃうかもよ?　俺と小早川さんがどうのって」

「……あ」

「学校って、電波の飛ばない無線LANでしょ」

その情報伝達能力はすさまじい。

それがわかったのか、杏奈が少し困った顔をした。

(……お)

　これは面白い反応だ。

　根っからのＳっけがうずく。

「困る？　俺と噂になったら」

「……ちょっと」

「どして？」

「……だって」

「じゃあ小早川さんは、恋してるんだ？　誰かに」

　やや強引に話題を持っていく。うなずいてくれたら面白いが、うなずかなくても面白い。杏奈がどう言い返してくるかに興味がある。

「……そうじゃないけど」

「じゃー、目をつむってみて」

「え？」

「三、二、一」

　構わずにカウントダウンすると、杏奈が慌てて目を閉じた。

　素直な少女だ。とても好感が持てる。

「そのまま聞いて」

　目をつぶったままうなずく杏奈にほほ笑み、恵一はそっと言った。

「……声がします。場所は草原でも、海でも、星空の下でも。とにかく後ろから、小早川さんを呼ぶ声がします」

「……」

「今、まぶたの裏に、誰が浮かびましたか?」

「……誰も」

「ウソついてない?」

ゆっくりと目を開け、杏奈が見上げてきた。

「ついてない」

「じゃあ、いつか浮かんだら、それが答え。その人が好きだってことだよ」

……多分。

多分、杏奈は自分で気づいていないだけだ。

それでも指摘しない。教えない。

恵一は黙って、ただ笑い返した。

【 6 】

季節は巡り、冬になった。

十二月の空気はキンと凍り、太陽が乱反射して見える。

「羽柴くん」

朝、駅舎を出てきた杏奈がこちらに気づき、軽く手を振った。

自転車を止めて立っていた夏樹は控えめに手を振り返す。

高校二年生になったばかりの四月ごろ、自分はよく「偶然」と口にした。「偶然」駅前で会ったから、一緒に学校まで行かない？　と。

いつしか、自分は「偶然」を口にしなくなった。

杏奈も自然にそれを受け入れてくれた。

それが途方もない進展に感じられて頬《ほお》が緩《ゆる》む。

この調子で、ゆっくりと仲良くなれたらいい。当たり前のように、杏奈の隣に自分がいるようになって、他愛《たわい》ない話をなんでもするようになって、周囲の皆もそれを当然のように受け入れてくれれて。

……そんな穏やかな日々が来ればいい。

「クリスマスイブ？」

学校に向かう道すがら、杏奈が目をしばたたいた。

話を振った夏樹はうなずく。

「うん、つよぽんちでパーティー。ゆきりんも来るから、小早川さんもどうかな？　もちろん筒井さんも一緒に」

「それ聞いた。昨夜《ゆうべ》、片倉くんからライン来て」

「え?」

『片倉』が恵一の名字《みょうじ》だと思いつくまでに一瞬、間が開いた。

わかった瞬間、ひやりと胸の隅が冷たくなる。

(恵ちゃんが、小早川さんに?)

いつの間に連絡先を交換していたのだろう。

……いや、きっと他愛もないことだ。

自分が気にすることではない。

「へ、へえー……あー、そうなんだ」

「でね。それでちょっと相談があるんだけど」

「……?」

平静を装う夏樹には気づかない様子で、杏奈が真剣な表情で言った。

その日の昼休み、夏樹たちは屋上にいた。

真冬だが晴れているため、空気は比較的暖かい。

昼休みに外に出ていられる、貴重なひと時だ。

「……」

見下ろすと、中庭が見える。

ベンチに座って本を読む杏奈と、そこに近づくまりの姿。

杏奈がハンドクリームを塗っていることに気づいたまりが、笑いながら手を差し出す。

心得たように杏奈がその手にクリームを塗ってやり、並んで座りながら手をこすっている様子は見ているだけで、仲の良さが伝わってくるもので。

「和《なご》むねえー」

「和むわあー」

恵一と松永が屋上の柵《さく》によりかかりながら、うなずき合っている。

呆《あき》れつつも口は挟まない剛の隣で、夏樹は一人うつむいた。

……朝、杏奈が何気なく言った言葉が頭から離れない。

そこに恵一がやってきた。

「別にさ、流れで連絡先交換しただけだって」

彼も夏樹が何を気にしているのか、わかっているのだろう。

「なっちゃんが小早川さんを誘うって知ってたら、なにも言わなかったけど、入れ違いになっちゃっただけでさ」

「……」

「次から、なっちゃんに聞いてからにするし」

「……」

取り繕《つくろ》うような、なだめるような柔らかい声。

それが余計に夏樹の胸にしこりを残す。

機嫌を取ろうとするからには、恵一は自分のしたことがまずかったとわかっているのだ。

もし杏奈が夏樹に話さなければ、恵一はこれからもずっと夏樹に黙って杏奈とラインのやり取りを続けていたのだろうか。

(……いや、恵ちゃんはそんなこと)

恵一のことは信じている。彼はそんな風にこそこそと、友人を裏切ることはしない。

ただ……夏樹自身が自分に自信がないだけだ。

イケメンで明るく、誰からも好かれる恵一が恋のライバルになったら、自分は絶対敵《かな》わない。

「……なんで無視すんの?」

ひたすら無言の夏樹に、恵一が少しいらだったような気配がした。

「別に、してないけど」

「しただろ、明らかに」

「だから、してないって」

「したっつってんだよ、バカみたいに」

無視した、してない、とにらみ合う。

先に目をそらしたのは夏樹だった。

「……なんだよ」

「なにがだよ」

「なにが、流れだよ」

その瞬間、ピリッとした空気が二人の間に流れた。

張りつめた空気に気づいたのか、松永が苦笑しつつ二人の間に割って入る。

「まーまーまー、まーまーまー」

なだめる彼に、剛が呆《あき》れ顔で「言い過ぎ」と突っ込んだ。

そこで空気がやわらぐ。

ほっとしたように、恵一が肩をすくめた。

「けど俺のおかげだろ。相談とか、それこそ、そういう流れになったのはさあ」

「……まあ、それは」

「今日の放課後、って約束したんでしょ？　よかったじゃん」

「それも、まあ……」

登校中、杏奈からそっと打ち明けられた「相談」の内容が脳裏《のうり》をよぎる。彼女があることを悩んでいた時、「なっちゃんに相談してみなよ」と恵一が助言してくれたらしい。

（……そう、だよな……）

恵一はこんな風にさりげなく夏樹のことを売り込むため、杏奈とやり取りを始めたのかもしれない。

その可能性に、やっと思い当たる。

不思議なもので、そうかもしれないと思いついた途端、そうに違いないと思えてきた。SだMだと言ってはいても、恵一は優しい男だ。本気で友人を傷つけることをするはずがない。

（だよな）

夏樹は安堵《あんど》して、ようやく心からの笑みを浮かべた。

バタバタと廊下《ろうか》を生徒たちが走っていく。

昼休みも終わりに近づき、まりは杏奈とともに中庭から校舎に戻った。

休み時間の短さには腹が立つ。昨日あったこと、今朝あったこと、その時自分が思ったこと……。

杏奈に聞いてもらいたいことも、聞きたいことも、山ほどあるのに。

「ねえ杏奈、今日の帰り、カフェによらない？　この前できたトコ」

「あ、えっと」

「おいしいってこの前、テレビでやってたんだ。杏奈、甘いの好きだもんね。おすすめは……」

「ごめん、今日は用があって」

身を乗り出した瞬間、杏奈が申し訳なさそうな顔をした。

わくわくした気持ちがしゅんとしぼんでいく。

「あ……そうなんだ。用って？」

「……うーんとね……」

「あー、いい、いい。わかった。行って、らっしゃーい」

言いにくそうな杏奈の気配に、まりは慌てて手を振った。

最近、こういうことが増えた。

少し前までは、自分が誘ったら、杏奈は百パーセント応じてくれたし、ラインの返事もすぐにくれた。

だが最近は返信が遅れることもある。誰か、別の人とやり取りをしていて、まりからの連絡に気づかなかった、というように。

「あ……」

その時、杏奈のスマホが短く振動した。

トップ画面に一瞬映ったのは、羽柴夏樹からラインが届いたという通知。

「……」

杏奈がさりげなく画面を伏せたことに、まりはあえて気づかないふりをした。胃の奥がずんと重くなる。

(あいつか)

自分から、杏奈を奪おうとするヤツ。

……嫌いだ、と思った。

誰も彼も、みんな嫌い。

自分には杏奈だけ、いればいいのに。


放課後、まりは行動を開始した。

じゃあね、と申し訳なさそうに教室を出る杏奈を見送り、少ししてからあとをつける。

案の定《あんじょう》、昇降口で夏樹と待ち合わせ、杏奈はともに学校を出て行った。

（どこに行くのかと思ったら……）

二人が向かった先は繁華街《はんかがい》だ。

あちこちからクリスマスソングが聞こえ、どの店もクリスマスの装飾が施《ほどこ》されている。

若者に人気の雑貨ショップに入った杏奈たちは、楽しげになにかを話しながら、いろいろな商品を手に取っている。

「……っ」

まるで仲のいいカップルみたいだ。

ガラス張りの窓の外で、まりは拳《こぶし》を握り締めた。淡水パールのブレスレットを夏樹が手にし、杏奈を呼んだところで我慢できず、突撃しようとしたが、

「尾行なんて、まりっぺ悪趣味ぃ～」

「……っ！」

突然行く手を遮《さえぎ》られ、まりはぎょっとたたらを踏んだ。

いったいいつから見ていたのか、目の前に松永がいる。茶化すような口調だが、その目はどこか複雑で。

（見られた）

いつもいつも、なんなんだこの男は、と腹の奥が熱くなる。

「……どの口が言ってんの」

「はいはい」

「あと、『ぺ』はとれ」

「はいはい、はいはい、わかってますよー、まりっぺ」

一向に聞く耳を持たず、松永がまりの手を引いた。

抵抗したいが、どんなに力を込めても振りほどけない。

まりは松永に引きずられるようにして、その場を後にした。


「ほい」

繁華街から少し離れた河原にて、道路から続く階段で松永があんまんを差し出してきた。

つい先ほどコンビニで買ったあんまんはまだ温かく、ほこほこと湯気を立てている。

「まま、座って座って」

松永が巻いていたマフラーを無造作《むぞうさ》に外し、階段に敷きながら言った。

「……」

無視して帰ってやろうと思ったが、悔《くや》しいことに体は相当冷えていた。先ほど尾行していた時からずっと、体の芯が冷たくてたまらない。

不承不承《ふしょうぶしょう》、まりは階段に座り、あんまんを受け取った。

一口かじると、ジワリと腹の中が温まる。

その甘さに一瞬、もやもやしていた怒りを忘れてしまった。

「……おいし」

「おっ、チャンス。口元にあんこついてる」

夢中でもう一口かじった時、松永が手を伸ばしてきた。

「……っ！」

とっさにのけぞるようにしてよけ、まりはカバンから手鏡を取り出した。昔流行《はや》った少女向けアニメのキャラクターが描かれた、おもちゃのような一品だ。

露骨に拒絶された松永が苦笑しつつも、懐かしそうに眼をしばたたく。

「……それ、確かレアもんじゃね？」

「知ってんの？」

「妹が好きでさ。よく変身ごっこに付き合った」

「へえ……」

少し意外だった。妹がいることが、ではなく、その遊びに松永が付き合っていたということが。

誰かに合わせることなどしない、自分本位な女たらしだと思っていたのに。

「夏樹、告《コク》るかもよ、イブに」

「……ッ」

だが松永に対する考えは、その一言で吹き飛んだ。

うつむき、唇を噛《か》みしめたまりを見て、松永はさらに続けた。

「パーティー来いよ。今度は止めない」

「……」

邪魔をするな、とか。

お前、性格悪いよ、とか。

そんなことを言われたほうが何倍もマシだった。

でも松永はそんなことは言わない。夏樹と杏奈の邪魔をしたいなら、好きにしろというだけだ。

(別に)

夏樹が告白しても、杏奈が受けなければいい。そうすれば、杏奈はまた自分とだけ遊んでくれる。

でももし、杏奈が告白を受けてしまったら。

そうしたら自分は。

「……」

温かいあんまんを持っているはずの指先が、氷のように冷えていく。

松永の前で震えたりしないよう、まりは無理やり体に力を込めた。

* * *

しんしんと冷え込む夜だった。

どこか厳《おごそ》かな空気が町全体に漂っている。クリスマスイブだからだろうか。

「……」

踏切を渡ったところで、まりの足はぴたりと止まった。

事前に住所を教えてもらった直江家はこの先だ。

本当は行きたくない。杏奈にも、行ってほしくない。

だが、もうクリスマスパーティーをすることは決定らしい。

(なら……)

せめて、会場までの道は杏奈と一緒に行きたい。

無理に足を動かすことはあきらめ、まりは電話をかけた。道端でじっとしているのはつらいが、杏奈と二人きりの時間を作れるのなら、いくら待ってもかまわない。そう思ったのに、

「……え、もういるの?」

『ごめん、早く着いちゃってこ』

通話口から、申し訳なさそうな杏奈の声が聞こえ、まりは言葉を失った。
(なんで)
そんな思いが口をつきそうになる。
(やっぱり……)
羽柴夏樹のせいなのだろうか。
彼が杏奈をそそのかしたのだろうか。
一緒に直江剛の家まで行こうと杏奈を誘い、今も隣にいるのだろうか。
「……」
そんな場所にこれから自分は向かうのか?
そう思うと、ゾッとして足がすくむ。
だが、まりの沈黙に気づいたのか、通話口で杏奈が促してくる。
『まりちゃんもおいでよ。みんな待ってる』
「……うん」
嫌だった。でも、逃げるのもしゃくだった。
来いよ、といった松永の声が耳の奥によみがえる。
意を決し、まりはひるむ足に力を込め、ずんずんと歩いた。
事前に教わった地図通りに歩くと、ひっそりとたたずむ日本家屋が見えてくる。玄関先で名乗ると、剛の母に迎えられ、私室の場所を教えられる。

おずおずと彼女に礼をしつつ、まりが剛の部屋に入った時だった。

「ハッピバースデ～、トュートュー！」

「……っ」

薄暗い室内に突然、大合唱が響いた。

杏奈がいる。幸子もいる。夏樹、松永、恵一、剛といった、いつもつるんでいる四人組まで勢ぞろいだ。

ぽかんとしたまりの前に、松永と夏樹がケーキを持ってきた。

クリームの上には「1」と「7」のろうそく。

プレートには「おめでとう、まりっぺ」とチョコペンで字が書かれていた。

「え……」

呆然《ぼうぜん》と立ち尽くすまりに、松永と恵一が笑顔を向けた。

「はいはい、消して消して」

「一息でいっちゃってー」

「……なにこれ」

困惑するまりに、幸子が駆け寄ってくる。

「ちょっと早いけど、お祝い」

「大晦日《おおみそか》なんだって？　誕生日」

ケーキを持った松永が笑った。

(……なに、これ)

ジワリと胸の奥に、不穏な気持ちが生まれる。

自分には内緒で。

皆でこそこそ。

サプライズパーティー？

ああ、そうだ。確かに自分の誕生日は大晦日だ。

「……だから？」

自分で思っていた以上に低い声が出た。

予想していた反応ではなかったのだろう。室内にぎこちない沈黙が落ちる。

戸惑うように、杏奈が笑いかけてきた。

「ほら、大晦日はお互い、家族と過ごすじゃない？　だから、私はいつもまりちゃんを当日にお祝いできないって話したら、羽柴くんが提案してくれて」

「いや、提案なんて大それたもんじゃないけど、単純になにかできないかなって」

杏奈と夏樹が交互に言う。

二人で企画した、ということだろうか。

「……」

まりが黙ったまま反応しないので、会話が続かない。

再び落ちかけた沈黙を振り払うように、幸子がなにかを取り出した。

「はい、これは私から！」

まりの頭に、勝手に猫耳カチューシャをつける。

同じものを自分の頭にもセットし、「おっそろ〜い」とはしゃぐ彼女に促され、杏奈もかわいらしくラッピングされた小さな箱を差し出してきた。

「私からも。おめでとう、まりちゃん」

「……」

「開けてみて？」

促され、のろのろと箱を開けると、淡水パールのブレスレットが入っていた。

つい数日前、杏奈が夏樹とともに雑貨ショップで見ていたものだとすぐに分かった。

「私もおそろい」

杏奈がまりにブレスレットをつけてくれる。

そして同じものをつけた自分の手首を見せ、にこりと笑った。

おそろいはうれしい。

色違いで一緒に買ったハンドタオルと、カバンに着けた色違いのぬいぐるみ。それに続

いて三つ目だ。……でも、

「すっごい似合うよ」

杏奈の隣で笑顔を向ける夏樹の顔を見ると、カッとなった。

「……っ」

逃げるように後ずさり、夢中で踵《きびす》を返す。

背後で、目を丸くしたまま硬直している皆を振り切るように、まりは一人、剛の家を飛び出した。

＊　＊　＊

クリスマスイブの夜、街は大にぎわいだ。

家族連れやカップルはみな笑顔で、足取り軽く街を歩いている。

そんな中、松永たちは必死でまりを探した。

スマホに連絡してもつながらない。どこに行ったのかはわからない。

しばらく別々の場所を探し、町なかの踏切で一度合流する。全員で情報を交換するも、誰もまりの行き先はつかめないようだった。

ちっと松永は舌打ちする。

「マジ、なにが気に入らなかったんだよ。全然わからねえ」

「……猫耳？」

剛が言うと、幸子がショックを受けたようによろめいた。一瞬空気がやわらいだが、状況がなにも変わっていないのは明らかだ。

夏樹が落ち込んだようにうなだれた。

「いやいや、基本、やっぱり俺が嫌われてるんだよ……」

「それはそう、生理的にね」

恵一が茶化すように言うと、剛もそれに乗ってきた。

「アレルギー的なね」

「けど大丈夫だって」

「まっつんのほうが嫌われてるから」

二人して、慰めているのか、けなしているのかわからないことを言う。

うるせえ、と松永は顔をしかめた。

「もう一回散ろう。見つけたら、スマホで連絡」

「了解」

うなずき、全員また、別々の方向に分かれていった。

明るい場所、にぎやかな場所、おいしそうな匂《にお》いのする場所……。

思いつく限りの場所を走りまわったが、まりは見当たらない。

「……ったく、どこ行ったんだよ」

町はずれの駐車場にて、松永は途方に暮れた。

完全に息が切れていた。髪も乱れてぐしゃぐしゃだ。

真冬の夜だというのに、額に汗がにじむ。こんな風に必死になるのはどれくらいぶりだろう。

いつだって、気軽で楽しい付き合いだけを好んできたのに、こんな風になりふり構わなくなるなんて。……だが、

(この辺、外灯もほとんどねえぞ)

頭上の陸橋《りっきょう》から、こちら側と反対側に階段がかかっているが、人通りもない。

階段が影になって、見通しも悪い。

こんなところにまりがいたら。

そしてもし、そこに不審者が出てしまったら……。

「……っ」

焦燥感《しょうそう》にかられ、再び駆けだそうとした時だった。

反対側の階段に座り込む人影に気づいた。

階段を挟んでいたが、直感的にまりだとわかる。

「……おい！」

「……」

思わず大声を出すと、うずくまっている人影がもぞりと動いた。

それに無性にほっとして、必死で反対側の階段へ駆け出す。

「お前、こんなトコで何やってんだよ！」

「……来るな」

「さらわれたらどうするんだ！」

「来るな！」

数メートルの距離をなおも詰めようとすると、まりが逃げようとした。

——まるで傷ついた野生動物だ。

その姿を見て、ほんの少し冷静になる。激情を散らすように息を吐き、松永は意識して声をやわらげた。

「いったい、なにがどうしたっつんだよ？」

「あんたには関係ない」

「なくねえよ。お前になくても、俺にはあるんだ」

「……」

警戒心の中にわずかな困惑が見て取れる。

「そっち行くからな。動くなよ、マジで」

松永はゆっくりと歩を進めた。

一歩、二歩、三歩……やがて、手を伸ばせば、触れられる距離まで来る。

松永はひそかに、安堵《あんど》の吐息をついた。

「……少しは教えてくれよ、頼むから。……なにがあったんだ？」

「……」

返ってきたのは沈黙。

それでもいつまでも待つつもりだった。

吐き出してしまえばいい。思っていること、すべて。

そんな松永の思いが通じたわけではないだろうが、やがてまりがぽつりと言った。

「……杏奈が、変わった」

「変わった？」

「変わっちゃった。……羽柴夏樹とか、よく知らねーヤツとかと出会ったせいで」

「……」

相変わらず「よく知らねーヤツ」呼ばわりされるのはもう慣れた。

じっと聞き入る松永に、まりは膝を抱えたまま顔をうずめた。

「だから、邪魔してやろうと思った」

「……」

「けど、あんたにいつも邪魔されて。……私には、杏奈しかいないのに」

「……前に言ってた『友達じゃ足りない』って、そういうことか?」

「わかんない。……頭ぐちゃぐちゃで」

ただ、とまりが苦しそうにうめいた。

「私は、誰かの一番になりたいだけ」

その言葉に、どうしようもない寂しさがにじむ。

杏奈一人がプレゼントを選んでくれたのなら、きっとまりは喜んだのだろう。杏奈一人がサプライズパーティーを開いてくれたなら、嬉しくて泣いたのかもしれない。

だが、杏奈は夏樹とプレゼントを選んだ。

皆でパーティーを企画した。

(こいつに、内緒で……)

そのことでものすごく寂しがらせてしまったのだと、やっと松永は思い当たった。

そう気づいた瞬間、目の前の少女がとても弱々しい生き物に見えた。

生意気で、傍若無人《ぼうじゃくぶじん》で、攻撃的だと思っていたけれど……それでもなぜか放っておけなかったのは、まりの、この必死で隠している柔らかい部分を感じ取ったからだったのかもしれない。

(俺は、女の子とは気軽に楽しい付き合いができたら、それでよくて)

なのに、まりの孤独から目をそらせない。

「……」

——気づいたとき、松永は身をかがめ、まりにキスしていた。

唇が触れあうだけの軽いキス。

だというのに、こめかみのあたりがジンとしびれた。こんなことは初めてだ。

まりは一瞬、驚いた顔で硬直し、

「……死ね!」

次の瞬間、思い切り松永を突き飛ばして、走り去ってしまった。

「待——」

呼び止めようとしたが、もう遅い。

足の速い小動物のように、まりの姿は見えなくなってしまう。

「あー……もう」

勝手に、あんなことをするなんて、自分でも自分が信じられない。

松永は頭を抱え、がっくりとうなだれた。

……息が苦しい。

体が熱い。

「ゼッ……ハァ……」

休まずに走りまわっていた夏樹は、イルミネーションの灯る広場で一息ついた。

急に止まったからか膝に力が入らず、よろめいてしまう。一瞬めまいがしたが、それは無理やり振り払った。

「傷つけた……んだよな」

まりに嫌われている自分が、サプライズパーティーの場にいたのだ。嫌がって、飛び出されて当然だ。

杏奈から頼ってもらった喜びで、そのあたりのことをちゃんと考えられていなかった。

「謝らないと……」

吹き出す汗をぬぐい、再び駆けだそうとする。

と、そこで松永からラインが入った。

まりを見つけた、との一報。

「はー……」

よかった、と思った瞬間、膝からがくりと力が抜けた。

よろめきながら花壇《かだん》脇のへりに腰を下ろす。

その時、人混みの中でせわしなく周囲を見回す杏奈を見つけた。

「小早川さん！」

立ち上がり、声を張り上げる。彼女に見えるように、スマホを頭上に掲《かか》げ、

「見つかったって！　筒井さん！」

「……そう」

安堵した様子の杏奈を見た途端、再びぐらりと視界が揺れた。

立っていられなくなって崩れ落ちると、心配そうに杏奈が駆け寄ってきた。

「羽柴くん、大丈夫？」

「大丈夫、大丈夫」

なんとか笑い返してみたが、一向にめまいが治まらない。

そんな夏樹の額に、杏奈がおもむろに手のひらを当て、

「熱あるじゃん」

「……大丈夫だって」

「平気じゃないよ、これ」

実はこの日、朝から少し調子が悪かった。

それでも剛の家に行ったときはだいぶ楽になっていたのに……寒空の下を走り回ってい

たせいで、悪化したのかもしれない。

「気が抜けたのかも。筒井さん、見つかってよかった」

へらっと笑うと、杏奈もつられたように苦笑した。

その笑顔はどこかまぶしそうで、柔らかい。

「帰ろ。送るから」

夏樹の腕を取り、立たせようとしてくれる。

その腕を支えに、立ち上がった瞬間、再び足がもつれ……、

「……っ」

一瞬、唇になにか柔らかいものが触れた気がした。

ぼやけた視界の中、すぐ近くに驚いた顔の杏奈が見える。

……今、いったいなにが。

朦朧《もうろう》とした意識で違和感を覚えつつ——夏樹は意識を手放した。

【 7 】

一月になり、三学期が始まった。

学食で、杏奈は夏樹の背中に気づいた。

会うのは、クリスマスイブの「あの時」以来。

少しためらったものの、杏奈は意を決して近づいた。

「羽柴くん」

定食ののったお盆を手にした夏樹が振り返る。

「……こ、ばやかわさん」

ぎこちない反応に、杏奈もつられて緊張する。

「もう大丈夫なの？」

「……あー、うん」

「治ったこと、教えてくれても」

「ごめん。……迷惑もかけちゃって」

「迷惑とか、そんなのはないけど……」

「……」

沈黙が落ちる。そわそわとあちこちに視線を飛ばし、なにかを言いかけたものの、夏樹は結局あいまいに笑い、踵《きびす》を返した。

「じゃ、……じゃあ俺、次、体育で、早く食べないとだから」

「……そう」

そそくさと立ち去る夏樹の背中を追い、杏奈は抑えたため息をついた。

あまりにもあっさりと終わってしまった会話に、物足りない気持ちになる。

（あのこと……）

夏樹にとっては、どうでもいいことだったのだろうか。

自分は、なにをしても頭から離れない。

気づくと、唇に指を触れてしまうのに。


「……あれはいったい、どういう？」

その様子を見ていた松永は首をひねった。

そぐそばのパンコーナーで、まりが嫌そうに顔をしかめる。

「こっちが聞きたい。授業中も、休み時間も、無意識に唇触ってる」

「唇、ねえ……」

「アイツも、なにかしたの？」

も、の部分に力がこもった気がした。

意図するところを正確に察し、松永は肩をすくめる。

「謝らないよ」

「……謝れよ」

じろりとにらまれるが、それはできない相談だ。

申し訳ないが、自分の気持ちに気づいてしまった。心底反省し、二度と近づかない……とは言えない自分がいる。

＊　＊　＊

その日の放課後、杏奈は雪の残るゴミ捨て場にて、ふう、と息を吐いた。

ここ最近、どうにも調子が上がらない。気が付くとぼんやりしているし、指で唇を触っている。

まりにも不審に思われているのか、何度も問うような視線を向けられた。

(でも言えない、し……)

……パキ。

その時、背後で乾いた小枝を踏むような音が聞こえた。

振り返るとどういう偶然か、夏樹が立っている。

「あ……」

杏奈と同じく、ゴミ箱を持っているところを見ると、彼もゴミ捨て当番だったのだろう。

あたふたと逃げようとするそぶりを見せる夏樹に、杏奈は小さく胸が痛んだ。

「……もしかして、避けてる？」

「そんなつもりは……」

「……あのこと、だよね」

「……」

沈黙は、認めたも同然だ。

自分とキスしたことを夏樹は後悔《こうかい》しているのかもしれない。

近づきたくないほど、嫌われたのかも。

そう思うと、再び胸が苦しくなった。自分がなにを言おうとしているのかもわからないまま、無意識に杏奈は口を開く。

「……あの時──」

「ごめんなさい！」

目の前で深々と頭を下げられ、杏奈はきょとんとした。

「……なんで謝るの？」

「俺、なにか、しちゃったのかなって」

「……なにか、って？」

「あの時、俺、熱でぼうっとなってて……」

思いがけない言葉に、杏奈は一瞬二の句が継げなかった。

「……覚えてないの？」

「やっぱり俺、なにかした？　迷惑かけたなら謝らないとって思って、でも思い出そうとしても無理で、それで」

「……」

夏樹はつまり、クリスマスイブに自分がなにか、とてつもなく失礼なことを杏奈にしたと思っていた、ということだろうか。

謝りたいけれど、記憶がない。

このままじゃ謝れないので、思い出すまで杏奈を避けていた、ということか？

（……なんだ）

がくんと体から力が抜けた気がした。

夏樹に嫌われているわけではなかったこと。

夏樹が、あのことを覚えていなかったこと。

その両方に脱力する。

「……別に。なにもなかったよ」

ゆっくりと杏奈は首を振った。他人からよく不愛想だといわれるが、今だけは感情が顔に出ないたちでよかったと思った。

探るように、夏樹が見つめ返してくる。

「……ほんと？」

「うん」

「よかったあ。ずっとそのことが気になっててさあ」

明るく笑う夏樹にかすかにほほ笑み、杏奈はゴミ箱を手に踵を返した。

夏樹の脇を通り過ぎ、教室へ戻る。

なぜかものすごく動揺《どうよう》し、背中が震えそうだった。

（そっか）

……「アレ」はなかったことに、なってしまったのか。


その日の放課後、杏奈はまりとともにカフェに来た。

おいしいとテレビで評判だった場所。ずっと延期してしまっていたけれど、ようやく来られた。

「……っ、……！」

これでもかとホイップクリームや果物で飾られたパンケーキを、杏奈は無心で口に運ぶ。

甘いものは好きだ。食べていると幸せな気持ちになる。

ただ今は……パンケーキと一緒に、もやもやとした気持ちを飲み込んでいるような気がした。

「杏奈ってば可愛《かわい》い！　相変わらずの食べっぷり！」

正面で、まりがほれぼれしたように笑った。

機嫌のいい親友の笑顔で、杏奈の気持ちも少し浮上する。

「メガ盛りなのに、ペロッといっちゃうなんて、さすが～」

「まりちゃんのイチゴ、ラストだけどもらっていい？」

「どうぞどうぞ」

「おかわりする？」

「……え」

さすがにひるんだ様子のまりに杏奈が首をひねった時、背後から明るい声がした。

「しようしよう」

「え？」

振り返ると、幸子が笑いながら立っていた。

「なんでここに？」

「待ち合わせー」

誰と、など聞くまでもない。彼氏である剛とこれからデートなのだろう。

するりとまりの隣に座る幸子を見つつ、杏奈は店員を呼ぶ。

ほどなくして運ばれてきた二枚目のパンケーキを無心で食べながら、杏奈は幸子に尋ねた。

「ねえ、ゆきりんたちって、もうどのくらい？」

「たち、っていうのはつよぽんぬと？」

「うん」

突拍子もない質問だったが、幸子は特に気にした様子もない。

「今度の夏で二年」

「……そっか」

「まあ続けば、ね。……で、それがなに？」

「……キスとか、する？」

恐る恐る尋ねた瞬間、動揺したまりが、ぶっとジュースを吹き出した。

漫画か、と彼女に紙ナプキンを渡しながら、幸子は杏奈に苦笑した。

「そりゃするよー。付き合ってるんだもん」

「あ、杏奈、どうしたの⁉」

血相を変えて尋ねるまりに、幸子が目を向ける。

「まりっぺはどうなの？　そういうの」

「そういうのって？」

「キス―

「……」

あるわけない、と即答するかと思ったが、まりから返ってきたのはまさかの沈黙だった。

意外な反応に、杏奈は目を丸くした。

「あ、気になる」

「……」

「まりちゃん、もしかしてキス……」

「ないよ」

杏奈の言葉を遮《さえぎ》るように、まりが言う。

その声音《こわね》になにかを感じ取り、幸子が目を輝かせた。

「それ、あるヤツだ」

「……違うから」

「まりちゃん、彼氏いたことあったんだ?」

「ないから。そもそもいらないし」

それだけ言い捨て、まりはおもむろに席を立った。

トイレへ向かうまりの後を、「私もちょうどお花摘《つ》み～」と歌いつつ幸子が追いかけていく。

「……」

一人残された杏奈は、ほう、と短く吐息をついた。

（まりちゃんが……）

意外だとは思ったが、同時にあり得るとも思った。

まりは美人だし、自分の意見をはっきりという。今でこそ男嫌いを豪語しているが、普通に考えれば、とてもモテるだろう。

「あれ？」

と、その時、店に剛が入ってきた。

まっすぐに向かってくる剛に、杏奈は少し緊張気味に目を向けた。

「あ、ゆきりんなら今……」

「知ってる。見えたから」

それだけ言い、剛は杏奈の向かいに座った。

幸子が先ほどまで座っていた場所。

特に遠慮《えんりょ》せずに行動するところは、剛と幸子はよく似ている。

「……聞いてもいい？」

幸子とまりを待つ間、杏奈はぽつりと剛に尋ねた。

「なんだろ」

「羽柴くんって、どんな人？」

「正直で、まっすぐ。一生懸命。……に、もれなくバカがついてくる」

「……ふふ」

「気になるんだ？　なっちゃんのことが」

夏樹の名を出され、杏奈は返答に困った。

（……気になる？）

自分の胸に手を当て、考えてみる。

数ヶ月前の秋ごろ、恵一にも似たようなことを聞かれた。「恋って何なんだろうね」と水を向けられ、考えてみたがよくわからなかった。

今も正直、よくわからない。

（でも……）

他愛《たわい》ない会話をしながら、一緒に学校から帰る時とか。

さようならと駅で別れて電車に乗り、窓の外を眺めたら、木々の間から夏樹の自転車が見えた時とか。

そういう時、胸の奥がほこっと温かくなる。その日の会話を思い出して、家に帰るまでなんだか楽しい気持ちが続く。

（今も、そう）

今日学校のゴミ捨て場で夏樹に会い、キスのことを覚えていないと聞かされた時から、ずっと胸がもやもやしていた。よくわからない動揺で心が揺れていた。

でも普段の夏樹の笑顔を思い出すと、ささくれだった気持ちがゆっくりと溶けていく。

「……」

無意識に、杏奈の口元に笑みが浮かぶ。ここに夏樹はいないのに、思い出しただけで、なんだか温かい気持ちになった。

その様子を、トイレから出てきたまりが見ていたことには気づかずに。

＊　＊　＊

季節は過ぎ、春になった。

冬の厳しい寒さがやわらぎ、固まっていた空気がほどけていく。

学年も一つ上がり、いよいよ高校最後の年だ。

夏樹は毎日、駅で自転車を止め、ホームから降りてくる杏奈とともに青諒高校へ向かう。

一年前と比べれば、信じられないほどの進歩だ。

欲を言えば、もっと仲良くなりたいけれど、それにはまだまだ越えなければならないハードルが存在する。

自分の意気地《いくじ》なさや勇気のなさが一つ。

それとは違う問題が一つ。

「……？」

昼休み、いつもの四人組で、屋上から中庭を見下ろしていた夏樹は首をひねった。

ベンチには今日も杏奈とまりがいるが、いつもと少し様子が違う。これまでは仲良くハンドクリームを分け合っていたのに、今日は杏奈の申し出をまりが笑いながら断った。そして自分のカバンからハンドクリームを取り出し、塗りはじめる。

ただそれだけと言えば、それだけなのだが。

（なんか距離があるっていうか……？）

「夏樹、やっぱ文化祭、小早川さんと回るの？」

ふいに松永に声をかけられ、夏樹は我に返った。

一瞬ちらりと恵一がこちらを見たが、なにも言わない。

彼の視線に違和感を覚えつつも、夏樹はぎこちなくうなずいた。

「そうしたいけど……」

「あー、筒井まりが怒るか」

「とことん敵視されてるからね……」

はあ、と思わず大きなため息がこぼれる。

「なにも、友達から奪いたいわけじゃないのにね。友達への友情と、こう……す、す、好きになった人への愛情って別じゃん？」

「あー……」

「この先、小早川さんに好きな人ができたとしても、そんなので友達をないがしろにする人じゃないと思うし」

「あー……」

「心配しすぎな気がするんだけど」

「ああー……」

聞いているのかいないのか、松永の反応はいまいち煮え切らない。

そんな二人のやり取りを見ながら、剛が肩をすくめた。

「まっつんが筒井さんを連れ出してくれればねえ」

「あ、ほんとほんと！」

それは名案だ、と夏樹が身を乗り出すと、恵一も松永に目を向けた。

「どうなってんの、そっちは」

「別に、どうもなってねえよ」

セットしてあるタイマーが鳴り、カップラーメンの完成を告げる。

自分の分を引き寄せつつ、松永はなんてことないように夏樹に言った。

「まあ、とりあえず許可取ってみることだな—

「……えー、文化祭で好きな人を誘うのに、その友達の許可がいるの？」

「ないよりいいだろ」

「……確かに認めてもらえないのは嫌だ」

夏樹の言葉を聞き、剛が「決まり」と身をひるがえした。

松永とともに、屋上から中庭に向けて「筒井さーん」とまりの名を呼ぼうとする。

「ちょ……！」

去年も確か似たようなパターンがあった。杏奈の連絡先を聞いたもののデートに誘えずにいた夏樹に対し、「男は黙って肉声だ！」と松永たちが暴走しかけた時が。

慌てて夏樹は彼らの口を押さえ、手すりから引きはがす。

「早いよ早いよ、展開が早いよ！　『男は黙って肉声』はダメ！」

「じゃあ、いつなら早くない？」

「……」

黙って見ていた恵一に冷静に突っ込まれ、夏樹は言葉に詰まった。

言い返せない夏樹の隣で、松永と恵一が重々しくラーメンをすする。

「男がカップラーメン食う時は、もうひと踏ん張りするときだろうが」

「くぅー、わかる！　まあ一番は単純に、腹減ってる時だけどね」

「……っ」

他人事《ひとごと》のような二人を、夏樹はじろりとにらんだ。

だが、まあ、確かに彼らの言うことももっともかもしれない。

(もうひと踏ん張り、か……)

夏樹だって正直、誰かに気兼ねせずに杏奈を遊びに誘いたい。

ただでさえ、自分は奥手なのだ。これから先、ずっとまりに遠慮《えんりょ》していたら、貴重な高校生活最後の一年があっという間に終わってしまう。

「わかったよ」

ぐっと拳《こぶし》に力を込める。

戦場に出向く兵士のように大きく何度か深呼吸し、夏樹は屋上をあとにした。


決意が鈍らないうちに、と夏樹はまっすぐ中庭に向かった。

ちょうど教室へ戻ろうとしていた杏奈とまりを見つけ、なんとか、まりだけを呼び出すことに成功する。

真剣に、文化祭の話を切り出したが、

「ダメ」

まりの返事はそっけない。

「いや、あの、なにも文化祭の間中、ずっと小早川さんを独占したいってわけじゃなくて」

「だからダメ」

「高校最後の文化祭だし、ちょっとくらい……」

「しつこい！　ダメだって言ってんじゃん！」

予想以上の敵意を叩きつけられ、夏樹はびくりと身じろぎした。

（ここまで嫌がられるんだ……）

親友であるまりがこんなに嫌がるなら、こっそり杏奈を誘うこともためらわれる。友達思いの杏奈を困らせることもしたくない。

「そっか……」

絶対に交渉しようと思っていた気持ちがしぼんでいく。

屋上から、ことの成り行きを見守っていた友人たちの視線を感じ、顔を上げた時だった。

（……そういえば）

先ほど、自分が屋上から見下ろしていた時、気になったことがあったのだった。

「ま、待って」

去ろうとしたまりを、夏樹はとっさに呼び止めた。

「くどい！」

「じゃなくて、小早川さんとなにかあったの？」

「は？」

先ほど、ハンドクリームを分け合わずにいたまりたちの姿が脳裏《のうり》をよぎる。

今までとは明らかに違う距離。

ないならいいんだけど、と夏樹は言葉を濁《にご》しつつ、まりを見つめた。

驚いたように目を見開いたまりが、ぐっと悔《くや》しそうに唇を噛《か》む。そして忌々《いまいま》しそうに夏樹をにらみ、うなるように呟《つぶや》いた。

「……あったよ。あんたのせいで」

「え……」

自分のせい、とはどういう意味なのだろうか。

思いがけない言葉に呆然《ぼうぜん》とする夏樹を残し、まりは今度こそ中庭から立ち去った。


――小早川さんとなにかあったの？

ぐるぐると。

無神経な男の声が耳の奥で響いている。

「……ッ」

授業と授業の間の休み時間、まりは一人、三年一組の教室のベランダから外を見ていた。

腹が立つ。気分が悪い。

さらに、追い打ちをかけるように……、

「いちいち来るな」

近づいてきた足音に気づき、まりは振り向かずにうめいた。

律儀《りちぎ》に立ち止まり、松永の声がする。

「小早川さんは？」

「あんたには関係ない。あと、羽柴夏樹の援護射撃ならムダ」

昼休みの件を思い出す。中庭で呼び止めてきたのは夏樹だけだったが、きっと松永たちもどこかで見ていたか、ことの顚末《てんまつ》を聞いているだろう。

そう思って、あえてズバッと切り出したが、まりの考えは当たっていたらしい。

気まずそうに、松永が頰《ほお》を搔《か》く。

「……えーっとさ、筒井さんは俺と一緒に回るってのはどう？」

「はー」

そう来たか。

大きなため息をつくと、背後で困ったような気配がした。

「せめて返事しろ」

「これが返事だよ。もうかまうな、私に」

「無理」

短い返事にイラっとする。

そんな提案は呑《の》めない、という意味で「無理」と言い返すと、その拒絶は受け入れられない、とばかりに「無、理」と返された。

わざわざ一音、一音を区切るように。

……平行線だ。

まりはため息をつき、振り返った。

「大丈夫だって。あんたは」

苛立《いらだ》ちすぎて、口の端が吊り上がる。

「どうせすぐ、どっかの誰かのトコに行くんだから。……さっさと行けよ、次」

「だから無理」

「……は」

「自信あるんだ、俺。お前のことなら」

「……」

うるさい、と言おうとした。

だがそれよりも早く、松永が言葉を重ねてくる。

「ずっといる。俺は、お前のそばにならし」

「……そういうの、簡単に言わないほうがいいよ」

「簡単になんて言ってない。信じろよ、少しは人のこと」

「……」

真剣な声音《こわね》と眼差《まなざ》しに、ほんの少し心が揺れた。

(信じる?)

……本当に、信じられるのだろうか?

だがその時、派手系の女生徒が二人、近づいてきた。まりのことなど見えてもいないようで、二人は松永に華やかな笑顔を向ける。

「まっつん、今、カラオケ行こうって話しててー」

「恵ちゃんも誘ってさ。行くでしょ?」

そんな二人と松永を見比べ、まりは白けた気持ちになった。

なにが、「簡単になんか言ってない」だ。

「……簡単」

「ちょっ」

信じなくてよかった。

松永と二人の女生徒をその場に残し、まりはベランダから教室に戻る。無性にこの場にいたくなくて、教室からも出て行こうとした時だった。

「……あッ！」

ドカッと脇から強い衝撃を覚え、まりは悲鳴をあげた。ふざけて教室を走り回っていた男子生徒に激突されたのだ。

跳ね飛ばされた先には机の角が。

（やば……）

腕で頭をかばうことさえ間に合わない。

がつんと衝撃が側頭部に走り……目の前が真っ暗になった。

……遠くで、松永が必死で叫ぶ声が聞こえる。

＊　＊　＊

保健室前の廊下《ろうか》で、松永は抑えた吐息をついた。

「……はあ」

つい先ほど、保健室で見たまりの姿が目から離れない。

見下ろしたベッドで、彼女は静かに眠りについていた。目を閉じているといつもの険《けん》のある雰囲気《ふんいき》が消え、ただのあどけない少女のようだ。

……でも、そんな寝顔が見たかったわけではない。

いつもの、強い光を放つまりの眼差しがほしかった。

「あとは私がついてるから」

うなだれていた松永に、控えめに杏奈が声をかけた。

先ほど、血相を変えてまりを保健室に運ぶ途中で、トイレから出てきた彼女とすれ違った。保健室まで同行したあと、彼女は一度教室に戻り、まりのカバンを持ってきてくれたのだった。

状況判断ができる少女だ。ただうろたえていた自分とは違う。

帰るようにやんわりと促された気がして、松永はのろのろと顔を上げた。

静かな杏奈の目に、なぜか責められているような気がした。

「……俺もいるよ」

「女のコのほうがいいと思う、こういう時って」

「……そういうもんなの？」

「たぶん」

少し自信がなさそうな顔をしたのは杏奈自身、女友達がそう多くはないからだろうか。

それでもまりのことを一番に考え、彼女のために提案したことはわかった。

ならば自分が言えることはなにもない。

「……わかった。じゃお願い」

そう言った松永にうなずくと、杏奈は一人、保健室に入っていった。

……自分が情けなくて腹が立つ。

それでもどうすることもできず、重い足を引きずって昇降口に向かった時だった。

「ごめん、保健室ってどこかな？」

あわただしく駆け込んできた男性に声をかけられ、松永は目をしばたたいた。

整った顔立ちと、まっすぐにこちらを見つめる強い視線。

初対面の相手だが、まとう雰囲気からピンとくる。

「あ、筒井さんの？」

「兄貴、兄貴」

「ああ……案内します」

筒井昌臣、と名乗った彼を連れ、松永は再び保健室のほうへ足を向けた。

場所だけ教えて立ち去るべきかもしれなかったが……。

（なんでだろうな）

どんな理由でもいい。また保健室に近づく口実ができたことが嬉しかった。

「軽い脳震盪《のうしんとう》って言われてもさ。なったことないと、なにがどう軽いのかわからないよね」

早足で廊下を歩きながら、昌臣は心配そうに言った。

「そうっすね」

「まりの友達?」

「松永って言います」

「あ、彼氏くん? だったら態度、キツめに行くけど」

言葉を選ばない昌臣に、松永は思わず苦笑した。

「……いえ、俺、会話の九割、怒鳴られてるんで」

その言葉で、二人の関係を正確に理解したのだろう。

昌臣は困ったように肩をすくめた。

「あれでも昔は可愛《かわい》げがあったんだぜ? 俺に超なついてて……。まあ、うちは共働きだったから、寂しさの反動だろうけど」

「そうだったんすか」

「お年玉でおもちゃの手鏡買ってやったら、まーくんと結婚する、なんて言ってくれたりして」

「……へえ」

まりが大事に持っていた、古い手鏡のことが脳裏をよぎった。

(……なるほど)

あれは、兄からのプレゼントか。

「そんな可愛いところ、想像つかないです」

「ああ見えて、信用したヤツには、猫みたいに腹出すんだ」

「……余計想像つかないです」

ああ、でも、と思う。

杏奈に対するなつきかたは確かにそんな感じだ。

信用して、なつく。愛情の種類が自分でもわからなくなるくらい、ただ「好き」になる。

……そうか。

そういう愛し方をする少女か。

「だからさ」

保健室の前についたとき、昌臣が言った。

物思いに沈んでいた松永ははっとする。

顔を上げると、静かな目をした昌臣がこちらを見ていた。

「本気じゃないなら、やめとけよ」

「……本気だから、やめられません」

とっさにそう答えていた。昌臣がぱちりと目をしばたたく。

「そう?」

「残念ながら、相手にされてないですけど」

「こういうときは『今はまだ』をつけろ。『今はまだ』だ」

「……ははっ」

昌臣の言葉にほんのりとしたエールを感じ、松永は思わず笑った。

——今はまだ、か。

確かに、今後のことはだれにもわからない。

「ありがとうございます」

「こっちこそ、ありがとう」

ふっと笑い、昌臣は保健室へ入っていった。

それはここまで案内してくれたことに対する礼か、妹に対する松永の気持ちに対するものか。

わからなかったが、松永は少しの間、廊下から保健室のドアを見つめた。


「いいヤツじゃねえの」

それから少し経ったころ、保健室で昌臣がまりに言った。

先ほど目覚めた時、ベッド脇に彼がいて驚いた。少し前まで、杏奈もいてくれたと聞き、もっと早く起きるべきだったと歯嚙《はが》みした時のことだ。

……唐突《とうとつ》な切り出し方。

昌臣のセリフに含みを感じたものの、まりは気づかないフリをしてうなずいた。

「……そりゃそう。杏奈はいいヤツだよ」

「お前は面倒くせえヤツだなあ。そっちじゃないほうに決まってんだろ。……本気だっつってたぞ」

「……」

「ま、とりあえず今日はうちでメシな」

「……そのつもりでしたけど？　姪《めい》っ子にも会いたいし」

そっけなく答えると、昌臣が喉《のど》の奥でくくっと笑った。

これまではあれこれ理由をつけて兄の新居を避けていたが、なぜか今日は自然にうなずける。

心配してくれる人がいるのだと、頭ではなく心で理解できたような気持ちだ。

「で、由香さん、なに作ってくれるって？」

「そりゃ唐揚《からあ》げだろ」

この前、夕食を断ってしまったときと同じメニューだ。

……あのとき、実は食べたかった。実は今も、すごく食べたい。

（楽しみ、だな）

素直にそう思えることが、自分でもとても意外だった。

＊　＊　＊

翌朝、松永は一人で登校した。

文化祭の日が近づいているからか、校門付近には立て看板を作る生徒たちの姿がある。ペンキの匂《にお》いが風に交じって流れてくる中、昇降口へ向かうと、

「……珍し」

途中の渡り廊下にまりがいた。明らかに自分を待っていた様子に、松永は目を丸くする。

（昨日よりは元気そうだ）

思わず口元が緩《ゆる》んだのを見られたのか、まりがむっと顔をしかめた。それでも文句ではなく、彼女はぼそりと呟《つぶや》いた。

「……お礼、言おうと思って」

「ますます珍し」

「じゃあ」

「昨日、お兄さんと、少し話した」

立ち去ろうとするまりに、松永はとっさに声をかけた。

「なにを？」

「要は寂しかったたって話」

大好きだった兄が結婚し、距離が開いてしまうことが。

余計なことを、と顔をしかめるまりに、松永は一歩近づいた。

「けど小早川さんは、お前から離れたりしないだろ？　もちろん俺もだけど」

「……そんなのわかんないじゃん」

「俺は、好きだよ。筒井まりのことが」

「……わかんない」

かたくなにそう言い張るまりに、松永はおもむろに自分のスマホを差し出した。

連絡先の画面を見せる。

そこにのっていたのは両親と妹、夏樹、恵一、剛の三人。

そして「まりっぺ」のみ。

ぎっしりと入っていた女友達の連絡先はすべて消した。

目を見開くまりに、松永ははっきりと断言した。

「俺の一番は、おまえだ」

「……」

「ゆっくりでいい。けど、あんま待たねえぞ」

まりを見つめ、一息で言い切る。

返事はないが、驚いている気配が伝わってくる。

……伝わるだろうか。自分の気持ちが。

ドキドキと脈打つ心臓の音が聞こえそうだ。

こんなに緊張するのはいつぶりだろう。松永は思い通りにいかない鼓動を持て余しながら、ただ、まりと向かい合った。


その日の昼休み、まりは杏奈とともにいつものように中庭にいた。

文化祭の準備をしている生徒たちを何の気なしに眺める。

「早いよねえ。もう高校最後の文化祭だよ?」

杏奈が感慨《かんがい》深そうに言った。

「……そうだね」

「うん、あっという間」

いつも通りに接してくれる杏奈に感謝しつつ、まりは大きく息を吸った。

――けど小早川さんは、お前から離れたりしないだろ?

松永の言葉を頭の中で繰り返し、腹にぐっと力をこめる。

震えそうになる体を押さえつけ、まりは顔を上げた。

ずっと、杏奈に言えなかったことを、今日こそは。

「……ねえ、杏奈」

「ん?」

「その文化祭だけどさ……。杏奈と、一緒に回りたいって、前に、羽柴が私に言ってきたんだ」

「え?」

「だけど私、勝手に断った。杏奈の気持ち、無視して」

「……」

黙る杏奈の顔が見られない。

それでも今言わないと、ずっと言えない。

まりは息を吸い、ぎゅっと目をつぶった。

「……ごめんね。でもね、ダメなんだ……ほんと、ダメなんだ」

「だめ?」

「好きなの、杏奈が。友達じゃなくて、もっと大切な、特別な気持ちで……好きなの」

「……」

「だから盗《と》られたくなかった。誰にも。……ごめん」

「……」

杏奈の沈黙が怖い。

目が合わせられない。声が震えてしまう。

それでも逃げずに伝えないと。

「こんなこと、本当は言いたくなかった。だけどやっぱり、ちゃんと言わなきゃって」

「私も、まりちゃんが好きだよ」

その時、杏奈がゆっくりと言った。

柔らかくて優しい声にハッとする。

どろどろとした思いも、激しい熱さもなにもない。まりが一番好きな、杏奈の声だった。

思わず顔を上げると、いつもと変わらない優しい笑顔の杏奈と目があった。

「……っ」

きゅうっと胸の奥が苦しくなる。

自分はいったい、なにを恐れていたのだろう。杏奈はいつだって、変わらず隣にいてくれたのに。

「……ありがとう。これからも、友達でいてくれる？」

「ずっといる」

その言葉で十分だった。

否定せず、拒絶せず、自分の気持ちを最後まで聞いてくれた大切な友人。

その優しさに、勇気をもらえた気がした。

(私……私にも)

杏奈のために、できることがあるはずだった。

(だって、ずっとそばにいた)

杏奈が誰にも言えず、抱えていた想いを知っている。

このままなら、彼女はきっとその想いにふたをしてしまうから……。

「だったら、お願いがある。友達として」

「……なに？」

「羽柴と回って。だって、最後の文化祭なんだから」

友人として、背中を押してあげようと思った。

すっきりとした笑顔で言うと、杏奈は驚いた顔をして……やがて頬《ほお》を染め、かすかにうなずいた。

その日の放課後、杏奈は廊下《ろうか》を歩く夏樹を見かけた。

少し迷ったが、あとを追う。

「……」

いつも夏樹から声をかけてもらうことばかりだった。

彼に対し、自分から行動を起こすのは初めてだ。

だからだろうか。すごくドキドキする。

文化祭の日、一緒に回らないかと誘うのだ。

夏樹は優しいから、きっとオッケーしてくれる。

「……あの」

だが、夏樹の背中を追って、彼の教室に入ろうとして目にしたのは、

「このまま、時間なんて止まればいいのに」

茜色《あかね》の夕日が差し込む教室内で二人きり、千葉と向かい合っている夏樹の姿だった。

千葉もまた、穏やかな表情で夏樹を見上げている。

「私も同じ。こうしてずっとさ、誰にも見つからずに二人だけでいたい」

「……うん」

「好き?」

「……好き」

そこまで聞くのが限界だった。

耐え切れず、杏奈はよろよろと教室を離れた。

最初はよろめいていたが、やがてその足を無理やり動かし、駆け足になる。


一方、夏樹もまた、胸中は穏やかではなかった。

真剣な表情で千葉に向かい合い、さらになにかを言おうと口を開いたが、

「ごめん、千葉ちゃん、俺、無理だ……！」

悲痛な声でうめき、夏樹はよろよろと千葉から後ずさった。

手には、文化祭で行う学生劇、「ジュリオとロミエット」の演劇台本。

「こんな……っ、自分で読んでて死にたくなる」

「もー、付き合ってくれるって言ったじゃん。急に代役になってくれ、なんて頼まれて、私だって困ってるんだよ」

「頑張って。観には行くから」

「ちょっと！」

「大丈夫だよ！　文武両道だし、千葉ちゃんは演技力もあるから！　いよっ、高校生の鑑《かがみ》！」

必死の形相《ぎょうそう》でそれだけ言い、夏樹は逃げるように教室を飛び出した。

「……ったく、締まらないなー、もー」

やれやれ、と肩をすくめ、千葉は夏樹を見送った。

決められたセリフですら照れてしまうなんて情けない。

あんなことで、好きな人に自分の想いを伝えられるのだろうか。

まあ、自分は友人の頑張りを見守るだけだけれど。

【 8 】

翌朝、夏樹は目をしばたたいた。

いつものように駅舎前で杏奈と会ったが、手を振っても無視される。

そのままこちらに気づかなかったように歩きだされ、夏樹は慌てた。

「待ってよ」

自転車を押し、慌ててあとを追ったが、杏奈は足を止めるどころか、振り向いてもくれない。

「ちょ、ねえ小早川さん！　なんで逃げるの？　俺、なにかした？」

「別に逃げてないけど」

「……！」

思いがけず強いまなざしが返ってきて、夏樹はひるんだ。

こんな杏奈は初めてだ。

苛立《いらだ》っているような、怒っているような、悲しんでいるような……様々な感情が入り混じった、苦しそうな顔。

今日だけは会いたくなかった、と言われたようで、夏樹は心臓が押しつぶされそうな気持ちになる。

せめて理由を聞けば謝れるのに、杏奈はなにも言わない。

必死で感情を呑《の》み込もうとしている。

「あの……理由、話して？　……わかんないよ、黙ってたら」

「……黙ってるわけじゃない」

「俺、なにかしたなら謝るし」

「……されたよ」

「えっと、なにを……」

「……ス、された」

長い沈黙の末、そんな言葉が返ってくる。

聞き取れず、夏樹は首をひねった。

「え？　今、なんて？」

「キスされたっ」

「……っ、誰に？」

　ぎょっとして詰め寄ったところで、夏樹ははっとする。

　杏奈は苦しそうに眉根《まゆね》を寄せながらも、まっすぐ夏樹を見据えている。

　その瞬間、よみがえったのは去年のクリスマスイブのこと。

　まりに内緒で計画していた誕生日のお祝いが、逆に彼女を怒らせてしまう結果になり、部屋を飛び出してしまったまりを皆で必死に探していた。

　ようやくまりが見つかったという知らせを受け、杏奈と喜んだものの、実は朝から不調だった夏樹はふらついて、杏奈のほうに倒れこみ……。

（なにかが）

　あった気はしていた。

　だが、杏奈はなにもなかったと言うし、自分は全《まった》く覚えていなくて。

「まさか、あの時？」

「……あれから、全部がおかしいの」

　くしゃりと杏奈の顔がゆがんだ。

　泣き出す寸前のように。

「……」

「全部が、変わっちゃったの」

「……」

「わかんないの、自分が。自分の気持ちが。……どうしたらいいか、わかんないの！」

苦しそうに声を荒げ、杏奈は踵《きびす》を返した。

一人残され、夏樹はあとを追うこともできずに立ち尽くした。


その日の昼休み、屋上は重苦しい沈黙で支配されていた。

なじみのベンチでぐるりと友人たちに取り囲まれ、夏樹は一人、うなだれた。

つい先ほど、クリスマスイブの一件を渋々友人たちに話したばかりだ。

話すうち、友人たちがどんどん唖然《あぜん》とし……すべてを話し終えた時、彼らは完全に絶句していた。

「はあ？　夏樹、おま……はあ？」

混乱したように松永が呟《つぶや》いた。

普段はマイペースな態度を崩さない剛もポカンとしている。

「キスしてたの？　なっちゃん」

「……う、ん。してた、みたいで」

よく覚えてないんだけど、と夏樹は付け足す。

その煮え切らなさに、松永が呆《あき》れたように身を乗り出した。

「みたいってなんだよ。なんで他人事《ひとごと》なんだよ」

「事故っていうか。……熱で、正直よく覚えてなくて」

「……そんなことある？」

困惑した顔で左右を見る松永に、恵一と剛がそろって首を横に振った。

「さすがにない」

「ありえない。だってファーストキスでしょう」

「……そうだけど」

三人からそろって全否定され、夏樹は居心地悪く肩をすぼめた。

そんな態度に、松永が呆れたように天を仰《あお》ぐ。

「ばっかじゃねえの、コイツ。呆れた！」

「……でも俺、本気で倒れかけたんだよ？　誰のせいだと思ってんの」

「誰のせいだって言いたいんだよ」

「決まってんじゃん、筒……」

筒井まりを寒空の下、探していたせいだ、と言いかけたが、さすがに彼女のせいにするのは違う、と思い直す。彼女の気持ちを考えず、勝手なことをしてしまったのは自分のほうだ。

いささか論点がずれかけた時、恵一が静かに言った。

「で?」

「え……?」

珍しく声に威圧感がある。

思いがけない恵一の態度に戸惑った夏樹に、彼はなおも静かに問いかけた。

「どうする気?　文化祭は」

「……さあ」

一緒に回る、回らない、という話をされているのはわかったが、正直どうすればいいかわからない。

女心に疎《うと》い自分でも、ファーストキスがとても大事なものなのはわかる。それなのに偶然キスしただけではなく、自分は覚えてもいなかったのだ。

……もうイブから何ケ月もたっている。

その間、杏奈一人をずっと悩ませていたなんて。

(こんな時、文化祭のことなんて切り出せるわけない……)

途方に暮れて友人たちをそっと見上げた。

いつもなら、なんだかんだ言いながら打開策を授けてくれる彼らに、今回も頼りたいと思った。だが、

「さすが根性ナシ。マジでない」

はあ、と愛想をつかしたように、松永が大きなため息をついた。

思わず夏樹は恨みがましく彼を見つめ、

「……ねえ、まっつん、マジでさっきからなに？」

「逃げてるだけだろ、そんなの」

「……」

「そんなこと言ったら、俺だって怖《こえ》えよ。基本負け戦《いくさ》だし。けど、引き下がるわけにはいかねえじゃん。惚《ほ》れちゃったもんはさ」

「……そ、だけど……」

それでも踏ん切りがつかないのだ。

再び視線が落ちていく。しょんぼりと夏樹がうなだれた時だった。

「わかった。もう決めた。もらう。小早川さん。俺が」

突然、恵一が口を開いた。

「……え」

「はあ？」

困惑したような三人の視線を受け、恵一が挑戦的に言い放つ。

「俺も好きなんだ。いつの間にか、好きになってた」

「マジか」

「なっちゃん諦めたんだから、問題ないでしょ」

「いや、そういう問題じゃねえだろ」

絶句した夏樹に代わり、松永の空気が変わった。普段はにこやかな分、怒ると凄《すご》みがグンと増す。

つかつかと詰め寄る松永のことを、恵一は堂々と待ち受けた。

「なんで？　そういう問題でしょ」

「お前、友達をなんだと思ってんだよ」

がつっと松永が恵一の胸ぐらをつかんだ。

それでも恵一は目をすがめるだけだ。

「……放せよ」

「答えろ！」

「やめよ、やめよ、さあやめよ……って」

剛が仲裁《ちゆうさい》に入ろうとしたが二人に突き飛ばされ、しりもちをついた。

ズサッと痛そうな音がする。

そんな剛のほうを見もせず、恵一は松永を突き飛ばし、松永はいらだちを隠そうともせずに拳《こぶし》を握り締めた。

「まっつん！　恵ちゃんも！　やめようって！」

耐え切れなくなり、夏樹は二人の間に割って入った。

なおもにらみ合う二人を見て、泣きそうになる。

「俺は平気だから。こんな楽しくないこと、やめようって」

「……確かに。殴《なぐ》りたいのは、なっちゃんのほうだしね」

のそりと起き上がった剛が、腕をさすりながら言った。

声は冷静というより冷ややかで、恵一を見る目も冷たい。

それでも恵一はひるまず、面白そうに唇をゆがめた。夏樹に向き直り、わざとらしく両手を広げてみせる。

「いいよ。どうぞ。気が済むまで」

「……っ」

そんなことを言われたって殴れない。できるわけがない。

夏樹は小さく首を振り、無言で屋上から立ち去った。

＊　＊　＊

それから四人はバラバラに生活するようになった。

登下校はおろか、昼食も、授業の間の休みも別々にとる。鉢合《はちあ》わせれば踵《きびす》を返し、すれ違っても声もかけない。

四人とも、相手を嫌いになったわけではなかった。

ただ、何事もなかったように元の四人に戻ることはできない問題だ。成績優秀な剛もこういう時の解答は見つけられないまま、時間だけが過ぎて行った。


――そして文化祭当日。

この日はあいにくの雨だった。

それでも青諒高校の生徒や来場者たちで、校内はごった返している。

「どうなの、コスプレって」

女子トイレの個室から、呆れ顔でまりが出てきた。

青諒高校ではない学校の制服だ。

「ふふふー」

別の個室から出てきた幸子は逆に青諒高校の制服を着ていた。

こちらは水を得た魚のように生き生きとしている。

つい先ほど、校内を歩いていたまりはいきなり幸子に捕まり、拝み倒されるがまま、制服を交換する羽目になったのだ。

体型はほとんど同じなので苦しくはないが、借り物を着ている感覚で落ち着かない。

裾《すそ》をつまんだり引っ張ったりしているまりに、幸子はにこにこと笑った。

「そりゃたまに、痛ーい視線が突き刺さってくるよ」

「でしょうよ。そりゃくるでしょうよ」

「けど気にしない」

「してほしいなー」

一応ツッコミを入れてみるも、あはは、と幸子は明るく笑うだけだった。

「だって自分に嘘、つきたくないもん」

「……あんたはずっとそうなんだろうね」

「え、バカにしてる?」

「してないしてない。むしろ逆。強いなって思うよ」

最初はただうるさいだけで、好きになれないと思っていた幸子ともこうして言葉を交わすようになった。

自分が変わったというより、これが幸子の持つ力なのだろう。そばにいるとつい笑顔になってしまう。

「ふふん。けどね、ずっとコスプレは多分無理」

「意外」

「だって、『ずっと続く』ことなんてありえない」

「……」

鏡に向かって前髪を整えつつ、幸子は今日の天気の話をするように、穏やかな口調で続けた。

「大学行って、就職して、結婚して子供産んだりして？　それでもずっとコスプレが好きかって……そんなの、絶対わかんないでしょ」

「まあ、確かに」

「……つよぽんぬのことだってそう。ずっと好きでいられる保証はないのですよ。というかそんなの、ほとんど奇跡」

とても現実的で、嘘のない言葉だった。厳しい言葉のはずなのに、幸子の声はどこまでもまっすぐ、凛《りん》として透き通っている。

まりは思わず、ほう、と感嘆《かんたん》のため息をついた。

「……やっぱすごい。あんた、ほんとに私とタメ？」

「怖いよ、もちろん。でも失うことばっか考えてたら、なーんにも手に入らないでしょ？　だったら今を楽しんじゃう。思いっきり。今しかできないことを、後悔《こうかい》しないように」

「……」

「まりっぺは違う？」

その問いに答えられなかった。

「制服ありがと」

答えを強要することなく、手を振って去っていく幸子を見送り、まりは少し目を伏せた。

(今しかできないこと、か)

幸子にとって、「制服交換」もその一つだったのかもしれない。

普段は違う学校に通う剛との、同級生気分で制服デート。

自分がその手助けをしたのだと思うと、なんだか胸の奥が温かくなる。

「……ふ」

ふと思い立ち、まりはスマホを取り出した。

なんとなく、心に引っかかっていたことがある。

連絡帳に登録してある「よく知らねえヤツ」を「松永智也」に変更……しかけ、結局そこまではできず、「多少知ってるヤツ」に変更する。

だが、まあ、これでも十分大きな進展だ。

松永の言った言葉をすべて信じることはできない。

でも彼は、「今」の気持ちをはっきり伝えてくれたから……ほんの少しだけ、視野を広げてみようかな、とも思った。

そして意を決し、トイレから出た瞬間、

「おおっ？」

脇から、驚愕《きょうがく》と狼狽《ろうばい》と喜びが混ざったような声がした。

ぎょっとして顔を上げれば、隣の男子トイレから松永が出てくるところだった。

「おお、制服、他校の。新鮮」

「うるさい」

「似合ってる。かわいい」

「黙れ」

つい先ほど、脳裏《のうり》に思い描いていた相手の登場で、まりはひそかに動揺《どうよう》する。

だが、同時に違和感を覚えた。

なぜか松永は青い顔をしていて、具合が悪そうだ。

「……どしたの」

「なんでもねえよ」

「それ、なんでも『ある』やつだから」

話せ、と眼差《まなざ》しで促すと、しぶしぶ松永が口を開く。

「……お化け屋敷、とか好きだって聞いたからさ。小早川さんに」

「……だから、なに？」

「俺、そっち系ダメだから、慣らし運転がてら、下見に行ってきて」

「……バカじゃないの。慣らせてねえじゃん」

思わず呆《あき》れた声が出る。

「うるせー。あー、首のあたりが急激に凝《こ》った……ぶっちゃけ、まだ力はいらねえ」

そこまですることないのに、と思う。

（でも）

まりと文化祭を回りたい、といった松永は本当に、まりが楽しめることを一緒にしようと必死になっているらしい。

かっこ悪い。

いつもへらへら笑って、女の子に囲まれていた男が、自分の弱点をさらして、青くなって弱っているなんて。

かっこ悪い、けど。

「……なんか食べにいく？」

「え？」

「嫌ならいいけど」

「……食べるよ。食べる食べる。食べるにきまってんじゃん！　食べますよー、何食べる？」

「……っ、ふ」

そんなに連呼するなよ、と思わず笑ってしまった。

初めて見せたまりの笑顔に、松永がぽかんとした顔をする。

「なあ、これ前進？」

「……さあ」

ごくりと緊張気味に喉《のど》を鳴らし、松永がぎこちなく口を開く。

「……まりっぺ？」

「……なに、『多少知ってるヤツ』」

「前進だあ！」

廊下《ろうか》に響くほどの大声で松永が快哉《かいさい》を叫ぶ。

うるさい、と毒づきつつ、自然とまりの顔はほころんでいた。

一方、体育館では夏樹たちのクラスの劇が行われていた。

名作劇を独自にアレンジしたようで、舞台脇には「ジ、ュリ、オとロ、ミ、エッ、ト、」というタイトルのついた看板が置かれている。

真剣な表情で見つめあう男女。

ロミエットを演じているのは千葉だ。

「ねえジュリオ、なんであなたは、そんなにジュリオなの？」

「それは多分、親のさじ加減」

きりっとした顔で答えるジュリオの答えに、なぜか観客がどっと笑う。

蚊が飛んできて、ロミエットの腕に止まったところで、彼女が真剣に、

「蚊ね」

「蚊だ」

ばちん、とロミエットがそれを叩き潰すと、再び体育館が爆笑で包まれた。

「……」

一人で観劇していた杏奈だけは困惑を隠せなかった。

笑いどころも分からない杏奈を置き去りにして、劇はどんどん先に進んでいく。

「このまま、時間なんて止まればいいのに」

ジュリオが苦しそうにつぶやいたとき、「あれ？」と思った。

今のセリフはどこかで聞いたことがあるような。

杏奈の戸惑いには気づかず、ロミエットを演じる千葉がジュリオを見つめる。

「私も同じ。こうしてずっとさ、誰にも見つからずに二人だけでいたい」

「……うん」

「好き？」

「……好き」

そこで舞台の袖《そで》からアンサンブルが出てきて、ダンスシーンになった。

「……」

杏奈はあっけにとられ、そのシーンに見入った。

脳裏をよぎるのは茜色《あかね》に染まった夕方の教室。

そこで今のジュリオとロミエットのように向かい合っていた、夏樹と千葉。

（お芝居の、練習だったんだ）

ずっと胸の奥に居座り続けていた重い気持ちが、その瞬間ふわりと溶ける。

とその時、隣の席に誰かが座った。

「ちょっといい？」

顔を上げると、真剣な表情の恵一と目が合った。

「話があるんだ」

一方、学食は大いににぎわいを見せていた。

あちこちでカップルたちが一休みしている。

彼らの中に紛《まぎ》れるように、夏樹は一人きりで座っていた。

(恵ちゃんが、小早川さんを、か……)

何度も何度も、そのことだけが頭の中をぐるぐると回る。

恵一はいい男だ。スポーツ万能だし明るいし、イケメンだしおおらかだし。

彼が本気で誰かを好きになったら、絶対相手も彼を好きになる。それはもう、友人として自信をもって断言できる。

(小早川さんのこともきっと、すごく大事にする)

優柔不断な自分より、きっと幸せにできるだろう。

ならば、自分が身を引くべきだ。

頭ではそうわかっているのに。

「……っ」

突然衝動にかられ、何気なく買っていた焼きそばを口にかきこむ。

案《あん》の定《じょう》むせた時、目の前にジュースが置かれた。

「……ありがと」

見上げると、剛と幸子が立っていた。漫画研究会の企画した古本市で買ったらしい、たくさんの漫画の入った袋を持っている。

「ふっふー、昨日発売の最萌《さいも》え新曲、聴かせてもらうにゃー」

剛が首にかけていたヘッドホンを奪うようにして抜き取り、幸子は隣の席で聴き始めた。どうしても聴きたくてたまらなかったから……と見せかけて、きっと夏樹たちに気を遣ったのだろう。

見つめる剛の目が柔らかい。

お互いを信頼しているのが伝わってくる。

二人の姿をそれ以上見ていられず、夏樹は意識して剛だけを見た。

「漫画、いいのあった？」

「恵ちゃん、小早川さんのところに行ったよ」

その言葉を、無理やり無視する。

「何買ったの？　面白かったら貸して」

「……なっちゃん、昔さ、カバーつけて、こそこそと漫画読んでる俺に『なんで隠してるの？』って聞いたの覚えてる？」

「……え？」

不意に話題が飛んだ気がして、夏樹は目をしばたたいた。

「……言ったっけ？」

「まあ、授業中に漫画読んでた俺も俺だけど」

「……う、うん？」

「そん時に俺がさ、オタク寄りの文化って、嫌な人は本気で嫌だからって答えたら、なっちゃん言ったんだ」

「……あ」

そこまで言われて、やっと思い出した。

剛もうなずく。

「……『けど好きなんでしょ？　好きで、何が悪いの？』って」

「……」

「それから、カバーかけるのやめた。おかげで表紙が汚れるから、それはそれで問題なんだけど。毎回、保存用を買う余裕はないし」

「……うん」

——好きで、何が悪いの？

その言葉が今、巡り巡って自分に返ってくる。

誰と誰がお似合いだとか。

だから自分が身を引くべきだとか。

（そんなの、どうでも……）

剛に背中を押してもらった気がして、夏樹は勢い良く立ち上がった。

「……ありがと、つよぽん！」

迷うことなく、駆けだす。

食堂を出ていく背中を見送った剛の隣で、そのとき含み笑いが聞こえた。

幸子がにこにこ笑いながら、夏樹を見ている。

「うーん、青春」

「聞いてたんだ？」

「誘惑に負けました」

申し訳ない、と肩を落とす姿は、これまでずっと見てきた幸子のもので。

「……ゆきりん」

「ん？」

「俺、決めた。東京に行く」

ただ偏差値が高いだけの大学に行くためではない。

好きなことを、するために。

まっすぐに告げた剛に、幸子は明るい笑みを浮かべた。

「だと思いました」

ずっとそうだと思いつつ、剛が自分で言う覚悟ができるまで、待っていてくれたのだろう。

やはり彼女が大好きだ。

剛は幸子と顔を見合わせて笑った。


同時刻、プラネタリウムを実行している美術室に、恵一は杏奈を招いて消えた。

誰も入ってこないよう、「貸切」の札を下げておく。


一方、夏樹は校内をあちこち走り回っていた。

だがいくら走っても、目当ての人は見つからない。

(いろんなことがあったな)

去年、杏奈にラインの連絡先を聞きたくて、二年一組の教室に向かった。

そこでまりに敵意丸出しで追い返されたこともあった。

夏祭りに誘いたくて……でも勇気が出なくて、松永と恵一が体育に向かう杏奈に声をかけようとするのを必死で止めたこともあった。

いつも皆が助けてくれた。

自分も、いつも必死だった。

（小早川さんと仲良くなりたくて）
杏奈のことが知りたくて。
高校生活の思い出を聞かれたら、もうそれしか言えなさそうだ。
「……っ」
会いたい、と思った。
それしか頭になかった。
その時ふと、校内の一角が目に入った。
プラネタリウムの看板がかかった美術室だ。
（星……）
去年の夏、杏奈と一緒に見た、満天の星空を思い出した。
……確証はない。
それでも、ここに「いる」気がした。
「……」
夏樹はゆっくりとドアを引き開けた。
真っ暗な室内に目が慣れるまで、少し時間がかかる。
背後を誰かが移動し、静かにドアを閉めて出ていく気配がした。
よく知る気配。

ひょうひょうとして、穏やかで、少し大人びている友人の気配が遠ざかる。

「……っ」

その時、ぽつぽつと天井に小さな明かりがともり始めた。

豆電球で作った、満天の星空だ。

そんな空間の中、こちらに背を向けた状態で杏奈が立っている。

背中を向けているのに、杏奈だとわかった。

そして杏奈も、夏樹に気づいたようだった。

ゆっくりと杏奈が振り返る。

目が合った瞬間、もう彼女しか見えなくなった。

「……っ、あの」

会えたら言おうと思っていたことがあったのに、すべてが頭から飛んでしまう。

「あの、えっと……ごめん、なさい」

「なんで謝るの？」

困惑している杏奈の前に、夏樹はぎゅっと拳《こぶし》をにぎりしめた。

「続きから、始めたいって思ったから」

「……なんの続き？」

――もしかして、避けてる？


杏奈にそう聞かれたのはクリスマスイブの一件があった、冬休み後のことだった。ゴミ捨て場で杏奈に会って、不審な様子を気にされて……困ったように、そう尋ねられた。

あの時、自分は「そんなつもりは……」と言いよどんでしまった。

でも本当は、

「……俺、避けてた。小早川さんが言ったように、小早川さんのことを」

「え……」

「俺、意気地《いくじ》がなくて、嘘ついた……っ」

喉《のど》が熱い。心臓が痛い。

それでも今、胸にあるすべてを伝えたくて、夏樹は一気に打ち明けた。

「春、駅で会うようになったのも偶然なんかじゃない。会いたくて、自転車必死でこいだ。夏、勉強教えてくれたのに俺、勉強どころじゃなかった。目の前の小早川さんにときめいて、ドキドキして、心臓の音が聞こえないように気を付けて……って聞こえはしないんだけど……って俺、マジでべらべら何言ってんだろ⁉」

自分でもなにを言ってるのか、わからなくなってくる。

それでもずっと言えなかったことをすべて言わなくては、と必死だった。

呑《の》み込んで、うつむいて、黙った結果、後悔《こうかい》するのはもう嫌だ。

「とにかく！　最悪、だったのは……っ」

「だったのは……?」

「小早川さんと恵ちゃんがラインしてるって知った時。マジでふざけんなって思った。やきもちとか嫉妬《しっと》とか通り越して、生まれて初めての感情だったたし、背中と耳の裏がカァーっと熱くなって、その日は授業がなにも頭に入らなかった。……で今もそうなんだ。キスしたって知った時からずっと、他のことが手につかないでいる」

「……そんなの、私だってそう言った」

少しだけ咎《とが》めるような杏奈の声。

夏樹は何度もうなずいた。

「だからちゃんと言わなくちゃ。……って思ってたのに、自信がなくてずるずるずるずる。……だから、ごめんなさいから始めたいって思ったんだ」

大きく息を吸い、吐いた。

その時、体が震えたけれど、構うことなく顔を上げた。

まっすぐに杏奈を見つめ、背筋を伸ばす。

「俺は、小早川さんが好きです。好きで好きで、たまりません！」

「……」

杏奈が大きく息を吸ったのが分かった。

ゆっくりと目をつぶり……目を開ける。

「浮かんだ」

「……え？」

「目を閉じた時、顔。……羽柴くんの」

杏奈がなんのことを言ったのか、よくわからなかった。

それでも、嬉しそうにほほ笑む杏奈から目が離せない。

やがて、杏奈は緊張気味に胸元をきゅっとつかみ、

「ごめんなさい。……からはいや」

「……」

「続きからは、いやだ。ちゃんと、初めから、始めたい」

「……うん」

「私も、羽柴夏樹くんが好きです。好きで好きで、大好きです」

「……っ!!」

その言葉を聞いた瞬間、呼吸が止まった。

胸の奥にぶわっと温かい感情が膨《ふく》らんで、何も考えられなくなる。

……こんな日を夢見ていた。

杏奈と想いをかわしたいと願っていた。

恋に不慣れで臆病で、ずいぶん回り道をしてしまったけれど、

(ずっと)

気持ちだけは、杏奈に恋したときのまま、少しも減ることなく大きくなる一方で。

「……っ」

ゆっくりと一歩杏奈に近づく。

杏奈も一歩、近づいてくれる。

無意識に口元に笑みが浮かぶ。

杏奈もほほ笑み返してくれた。

事故のようなキスより、もっとしっかり心がつながった気がした。

――それがすべてだった。それだけがずっとほしかった。

満天の星が輝く下で、そっと夏樹は杏奈を抱きしめた。


美術室を出た恵一は、おや、と目をしばたたいた。

教室の前に、松永、まり、剛、幸子が立っている。

全員、やられた、という顔をしているのが面白い。

「……そういうことかよ」

全員を代表するように、松永がうめいた。

思わず恵一は吹き出してしまう。

「こうでもしないと、こうはなんなかったでしょうが。友達をなんだと思ってんだよ」

夏樹の想いを知っている。

ずっと隣で松永や剛と応援してきたのだ。

横から奪おうなんて、考えるわけがない。

「ごめーん！」

ふざけた口調で松永が肩に腕を回してきた。

だがその力強さで、彼が本気で悔《く》いていることが伝わってくる。思えばこんな風に、松永と感情的にぶつかって、揉《も》めたのは初めてだったかもしれない。

「焼き肉おごれよ」

「冗談キツいよ、恵一さーん」

と、その時、美術室から少し遅れて夏樹と杏奈が手をつないで出てきた。

「うえっ!?」

なんでみんなして、と動揺《どうよう》している夏樹たちを、全員そろって取り囲む。

それまでのぎこちなさが嘘のように、和《なご》やかな空気が戻ってきた。おめでとー、だの、手ぇつないでんじゃん、だのとはやし立てつつ、自然と皆、笑っている。

連れ立って文化祭に戻ろうとした時だった。

「あ、虹！」

誰かが声をあげた。

窓の外を見ると、いつの間にか雨が上がり、真っ青な空が広がっている。

そこに、大きな虹がかかっていた。

「きれーい」

「写真、撮ろ。写真！」

誰からともなく言い出し、全員で外へと続く渡り廊下《ろうか》に駆けだした。

よく晴れた空の下、全員でぎゅっと身を寄せる。

松永が自撮りのため、持っていたスマホを目いっぱい離した。

「じゃ、行くぞ！」


——カシャ！


虹を背に、大切なひと時が切り取られる。

虹色の、眩《まばゆ》い日の思い出として……。

※この作品はフィクションです。実在の人物・団体・事件などにはいっさい関係ありません。

集英社オレンジ文庫をお買い上げいただき、ありがとうございます。
ご意見・ご感想をお待ちしております。

●あて先
〒101-8050　東京都千代田区一ツ橋2-5-10
集英社オレンジ文庫編集部 気付
樹島千草先生／水野美波先生

映画ノベライズ
虹色デイズ

集英社
オレンジ文庫

2018年6月26日　第1刷発行

著　者　樹島千草
原　作　水野美波
発行者　北畠輝幸
発行所　株式会社集英社
〒101-8050東京都千代田区一ツ橋2-5-10
電話【編集部】03-3230-6352
【読者係】03-3230-6080
【販売部】03-3230-6393（書店専用）
印刷所　大日本印刷株式会社

※定価はカバーに表示してあります

造本には十分注意しておりますが、乱丁・落丁(本のページ順序の間違いや抜け落ち)の場合はお取り替え致します。購入された書店名を明記して小社読者係宛にお送り下さい。送料は小社負担でお取り替え致します。但し、古書店で購入したものについてはお取り替え出来ません。なお、本書の一部あるいは全部を無断で複写複製することは、法律で認められた場合を除き、著作権の侵害となります。また、業者など、読者本人以外による本書のデジタル化は、いかなる場合でも一切認められませんのでご注意下さい。

©CHIGUSA KIJIMA／MINAMI MIZUNO 2018　Printed in Japan
ISBN 978-4-08-680199-7 C0193

集英社オレンジ文庫

きりしま志帆
原作／吉住 渉

映画ノベライズ
ママレード・ボーイ

両親に、もう一組の夫婦とパートナーを
交換して再婚すると宣言された光希。
突然のことに反対するも、再婚相手の
同じ年の息子・遊に惹かれていき…。
大ヒットコミックの映画版を小説化!

好評発売中
【電子書籍版も配信中　詳しくはこちら→http://ebooks.shueisha.co.jp/orange/】

集英社オレンジ文庫

下川香苗
原作／目黒あむ

映画ノベライズ

honey

高校に入ったら、ビビリでヘタレな
自分を変えようと決意した奈緒。
そう思ったのも束の間、入学式の日に
ケンカしていた赤い髪の不良男子
鬼瀬くんに呼び出されて…？

好評発売中
【電子書籍版も配信中　詳しくはこちら→http://ebooks.shueisha.co.jp/orange/】

集英社オレンジ文庫

山本 瑤
原作／いくえみ綾

映画ノベライズ **プリンシパル**

恋する私はヒロインですか?

転校した札幌の高校で出会ったのは、
学校イチのモテ男・弦と和央。
いくえみ綾の大人気まんがが
黒島結菜と小瀧望がW主演する映画に!
その切なく眩しいストーリーを小説で!

好評発売中
【電子書籍版も配信中　詳しくはこちら→http://ebooks.shueisha.co.jp/orange/】

集英社オレンジ文庫

岡本千紘
原作／河原和音

映画ノベライズ

先生! 、、、好きになってもいいですか?

代わりに届けてほしいと頼まれた
親友のラブレターを、間違えて伊藤先生の
下駄箱に入れてしまった高校生の響。
責任をとって取り戻すことになって以降、
響は伊藤に初めての感情を覚えて…。

好評発売中
【電子書籍版も配信中　詳しくはこちら→http://ebooks.shueisha.co.jp/orange/】

コバルト文庫　オレンジ文庫

「ノベル大賞」

募集中！

小説の書き手を目指す方を、募集します！

幅広く楽しめるエンターテインメント作品であれば、どんなジャンルでもＯＫ！

恋愛、ファンタジー、コメディ、ミステリ、ホラー、ＳＦ、etc……。

あなたが「面白い！」と思える作品をぶつけてください！

この賞で才能を開花させ、ベストセラー作家の仲間入りを目指してみませんか⁉

大賞入選作
正賞の楯と副賞300万円

準大賞入選作
正賞の楯と副賞100万円

佳作入選作
正賞の楯と副賞50万円

【応募原稿枚数】

400字詰め縦書き原稿100～400枚。


【しめきり】

毎年1月10日（当日消印有効）

【応募資格】

男女・年齢・プロアマ問わず

【入選発表】

オレンジ文庫公式サイト、WebマガジンCobalt、および夏ごろ発売の文庫挟み込みチラシ紙上。入選後は文庫刊行確約!

（その際には、集英社の規定に基づき、印税をお支払いいたします）

【原稿宛先】
〒101-8050　東京都千代田区一ツ橋2-5-10
（株）集英社　コバルト編集部「ノベル大賞」係

※応募に関する詳しい要項およびWebからの応募は
公式サイト（orangebunko.shueisha.co.jp）をご覧ください。